La nuit du vampire

Vivian Vande Velde

Cette romancière américaine, d'origine française, rencontre dans son pays un grand succès avec ses livres destinés à la jeunesse. Imprégnée par l'univers merveilleux et cruel des contes de fées, elle a l'art de camper des personnages à la fois naïfs et audacieux, des ambiances inquiétantes, effrayantes même, tout en faisant preuve d'un vrai sens de l'humour. La presse américaine l'a qualifiée de « maître de l'inattendu » et elle a obtenu de nombreux prix littéraires. *La nuit du vampire*, déjà publié aux Pays-Bas, en Angleterre et en Italie, est son premier livre traduit en français. En 1998, paraîtra un recueil de nouvelles : *Malédictions & Co*.

Vivian Vande Velde vit avec son mari et sa fille à Rochester, dans l'État de New York.

Luc Favreau

Peintre, illustrateur, né en 1962, Luc Favreau a fait ses études d'art à l'ESAG de Paris. Il fait partie du groupe France Illustration depuis 1987 et enseigne l'art graphique à l'université Paris-XIII depuis 1992.

Il travaille pour la publicité, la presse et l'édition. Sa technique de prédilection (peinture traditionnelle à l'huile ou à l'acrylique) associée à sa passion pour la faune et la flore l'ont amené à illustrer des livres pour enfants à caractère pédagogique (Gallimard, Larousse, Fleurus).

Vivian Vande Velde

La nuit du vampire

Traduit de l'américain par Thierry Simon

Couverture illustrée par Luc Favreau

HACHETTE
Jeunesse

Du même auteur dans
Vertige cauchemar

• *Malédictions & Co*
(à paraître en 1998)

À Allan et Barbara,
Gretchen et Bruce,
Herb et Donna.

L'édition française
est une édition abrégée.

L'édition originale de cet ouvrage
a paru en langue anglaise
chez Hartcourt Brace & Company (États-Unis)
sous le titre
COMPANIONS OF THE NIGHT

43, quai de Grenelle, 75015 Paris.

1

PRISONNIÈRE !

Lorsque Ian, son frère de quatre ans, entra dans la chambre de Kerry pour lui demander un service, jamais elle ne se serait imaginé que cela aurait des conséquences aussi tragiques.

« Quel genre de service ? » s'enquit-elle tout en marquant la page avec un crayon.

Le professeur de littérature avait annoncé une interrogation écrite pour le lendemain. À près de onze heures du soir, il restait encore à Kerry cinquante pages à lire, et l'auteur ne semblait pas pressé de dénouer l'intrigue.

« J'ai oublié Footy à la laverie », gémit le petit garçon.

C'était le nom de son koala en peluche.

« Ian, répliqua Kerry, il est tard ; tu devrais être au lit depuis longtemps, et moi aussi ; quant à papa, il est sûrement en train de dormir... »

Lorsqu'elle vit la lèvre inférieure du petit garçon trembler, Kerry se prit la tête à deux mains.

« Ne commence pas à pleurnicher », le supplia-t-elle.

Depuis que leur mère était partie, elle ne supportait plus les larmes de son frère.

« Peut-être l'as-tu oublié chez Greg – Ian secoua la tête – ou bien dans la voiture de papa ?

— Non ! Je jouais sous le comptoir où tu plies tes affaires ; tu sais, celui qui est rose avec des rayures horribles ? »

Elle ne voyait pas de quoi il parlait, mais hocha la tête pour qu'il continue.

« Je me servais du chariot du pressing comme château fort, et c'est là que je l'ai oublié, sous cette planche. Tu ne veux pas aller le chercher ? »

Kerry fit non de la tête.

« Je n'ai qu'un permis en conduite accompagnée ; ça veut dire que je ne peux pas prendre le volant seule, expliqua-t-elle. Je risquerais des ennuis auprès de papa et avec la police. Footy peut bien passer la nuit dehors, pour une fois. C'est comme s'il faisait du camping. »

Si seulement Ian avait fait un gros caprice, elle aurait pu rester sur ses positions ; mais il se contenta de pleurer en silence, face à elle, avant d'ajouter doucement :

« Ça n'a rien à voir avec une nuit sous la tente. Quelqu'un va le voler. Et puis, si c'était Morgane, tu ne l'abandonnerais pas ! »

Kerry jeta un œil en direction de la licorne en peluche qu'on lui avait offerte pour ses deux ans. Maintenant qu'elle en avait quatorze de plus, Kerry ne la laissait guère se promener plus loin que de la commode à son lit.

Pourtant, elle sentit que le petit garçon venait de marquer un point.

« D'accord, d'accord, soupira Kerry en laissant son crayon dans le livre. Mais va te poster devant la porte de papa et écoute si tu l'entends ronfler, ou bien vérifie qu'il ne bouge pas. Et s'il se réveille, dis-lui… »

Dis-lui quoi ? Il ne le croira pas, de toute façon. Qu'est-ce qui me prend ? Je suis ni plus ni moins en train d'apprendre à mon petit frère à mentir, comme s'il n'y avait pas eu assez de mensonges dans la famille depuis le départ de maman !

Elle fit signe à Ian de partir, enfila un jeans et y passa les pans de sa chemise de nuit, où était inscrit en grosses lettres : *Ne me parlez pas le matin, je suis de mauvais poil.* Avec son blouson, personne ne ferait attention à son accoutrement. Du reste, en cas de pépin, elle aurait bien d'autres choses auxquelles penser qu'à la manière dont elle était vêtue. Sans même se regarder dans un miroir, elle rassembla ses cheveux en une queue de cheval.

Tout ça, c'était la faute de leur mère. Si jamais elle n'avait pas déménagé de Brockton pour aller suivre cette formation à Trifouillis-les-Oies, en Floride, ils auraient encore la machine à laver sèche-linge et ne seraient pas obligés de se rendre à la laverie. Elle ne leur avait laissé que la voiture et, encore, uniquement parce que son petit ami en avait une plus belle. Et depuis son départ, une seule carte postale en tout et pour tout !

Quel genre de mère quitterait ainsi sa famille, et prendrait le risque que son fils oublie son koala en peluche dans une boutique ?

Question dangereuse, pensa-t-elle. La réponse allait de soi : *une mère qui ne se préoccupe pas de ses enfants.*

Pourtant, une fois sortie de la maison sur la pointe des pieds, et malgré la peur de rencontrer une patrouille de police, elle trouva sa « mission » plus simple et moins dangereuse qu'elle ne l'aurait cru.

Cinq minutes plus tard, Kerry s'arrêtait en face de l'enseigne Lav'o Matic, située dans la rue principale du campus. Peu éclairée, la rue n'était pourtant pas déserte. Juste à côté, la façade du cinéma voisin, le Strand, était encore illuminée. La séance venait sans doute de s'achever, car les gens commençaient à sortir. Des effluves de sauce tomate et les échos d'un morceau de rock'n'roll émanaient de la pizzeria du coin, où s'attardaient quelques étudiants.

Comme elle s'y attendait, la laverie était ouverte vingt-quatre heures sur vingt-quatre. Le contraire eût été étonnant, dans une ville universitaire où la moitié des étudiants vivaient sur le campus.

Le père de Kerry ne lui avait pas appris à faire un créneau, aussi finit-elle par se garer à un bon mètre du trottoir, à cheval sur deux emplacements de parking.

En ouvrant la porte de la laverie, elle fut assaillie par une odeur de poudre à laver et d'humidité. Elle fut surprise de n'y trouver personne, pas même le petit homme qui dirigeait la boutique, faisait de la monnaie, vendait hors de prix des doses de lessive ou d'adoucissant et vous hurlait dessus lorsque vous oubliiez de nettoyer le panier à linge. Kerry se doutait bien qu'il ne pouvait pas se tenir dans sa boutique en permanence ; mais elle s'étonna de voir l'endroit sans surveillance. N'importe qui pouvait entrer et forcer les caisses automatiques.

La pièce, déserte à cette heure tardive, lui donna la chair de poule.

Bon. On attrape Footy, et on rentre à la maison.

Réprimant un bâillement, elle se rendit compte qu'elle serait trop fatiguée pour se replonger dans sa lecture, et qu'il lui faudrait improviser pour son interrogation du lendemain.

Un coup d'œil circulaire lui suffit pour repérer le comptoir dont Ian lui avait parlé. Toutes les autres tablettes étaient recouvertes d'un Vénilia blanc pailleté d'or, sauf celui-là.

Ça n'aura pas été trop dur.

Sauf, bien sûr, que Footy n'était pas en dessous.

« Crétin de koala », grommela-t-elle.

Elle rampa sous le comptoir pour s'assurer que le jouet ne s'y trouvait pas. Elle y découvrit un prospectus religieux – vantant sans doute la lecture de la Bible, comme tous ceux que le propriétaire essayait de placer à ses clients. Peut-être Footy était-il caché dessous. Le sol était recouvert d'une pellicule de lessive qui lui collait aux paumes ; lorsqu'elle tenta de s'essuyer les mains, elle sentit que la chair près des ongles commençait à la piquer. Soulevant le morceau de papier, elle se demanda avec inquiétude si les souris n'aimaient pas rôder dans de tels endroits.

Pas de Footy, mais pas de rongeurs non plus :

seulement une lame de rasoir, qui servait probablement à ouvrir les cartons de lessive.

Imbécile ! pensa Kerry, *quand je pense que Ian s'est promené là !*

Elle saisit la lame avec prudence et sortit de dessous le comptoir à reculons.

Sa bonne action fut payante : à peine venait-elle de déposer l'objet tranchant dans un cendrier situé près du bureau, à côté de la caisse, qu'elle remarqua la peluche assise sur une pile de tracts.

« Toi, mon garçon, fit-elle en agitant l'index dans sa direction, tu en as fait de belles. Je te condamne à la réclusion dans la chambre de Ian jusqu'à tes trente-sept ans. Enfin, l'équivalent de cet âge pour un ours en peluche. »

Elle avait prononcé cette dernière phrase à voix basse après s'être rendu compte que, hormis le grésillement des néons, la pièce était silencieuse.

Son doigt était toujours en l'air lorsque la porte du fond s'ouvrit brutalement.

Le propriétaire, songea-t-elle tout en se retournant pour faire face à ce nouvel arrivant si peu discret. *M. Lav'o Matic en personne.*

Sans doute était-il sorti boire un café ou s'acheter une pizza, et venait-il de se rappeler qu'il avait laissé la boutique trop longtemps sans surveillance.

Comme elle faisait volte-face, elle cogna Footy contre la caisse et il tomba par terre. Instinctivement, elle se baissa pour le ramasser, tout en sachant que c'était la dernière chose à faire dans un cas pareil. Il fallait dire « Bonjour », s'avancer et se montrer au gérant, bref prendre l'air d'un vrai client ou en tout cas d'une personne qui avait une bonne raison de se trouver là. Et surtout, ne pas donner l'impression qu'on cherche à se cacher ou à voler l'argent de la caisse.

Mais avant qu'elle ait pu se relever, elle aperçut les gens qui s'apprêtaient à entrer : trois hommes qui en traînaient un autre, bâillonné et ensanglanté, les mains liées derrière le dos. Kerry sentit les battements de son cœur s'arrêter, puis reprendre à un rythme endiablé.

Sans réfléchir, elle plongea à quatre pattes sous le bureau du gérant.

Une histoire de drogue qui a mal tourné. Ou bien un règlement de compte entre bandes rivales.

Ce genre d'événement était plutôt rare à Brockton, mais elle avait vu suffisamment d'émissions sur la police pour faire ces suppositions.

Et je me trouve au beau milieu de tout ça...

L'un des hommes fit tomber le prisonnier à genoux en lui assenant un violent coup de pied derrière les jambes. Le visage de l'homme bâillonné était maintenant en face de celui de Kerry ; elle s'aperçut qu'il était jeune et – ce qui ne la surprit guère – en proie à la panique. Le regard du jeune captif rencontra celui de Kerry, avant qu'un des ravisseurs n'empoigne le prisonnier par les cheveux et le repousse en arrière, vers l'une des machines à laver. Ses mains furent bientôt liées à l'épaisse barre de métal au-dessous du tambour.

C'est alors que celui qui était occupé à nouer les cordes aperçut Kerry.

« Bon Dieu ! Qu'est-ce que… », commença-t-il.

À ce moment, Kerry comprit que sa seule chance de sortir d'ici était de se lever tout de suite et de courir en appelant à l'aide. Mais elle était paralysée par la peur.

Profitant de cette diversion, le prisonnier tenta de s'enfuir. L'un de ses gardiens lui assena un coup de pied au visage si violent que sa tête percuta le flanc de la machine. Le troisième homme saisit le bras de Kerry tandis que celui qui tenait la corde continuait à ligoter le prisonnier.

Le koala toujours à la main, Kerry fut extraite de dessous le bureau et remise sur ses jambes.

« C'est une des leurs ? demanda un homme, ou bien une voleuse ?

— Non, murmura-t-elle, incapable de détacher son regard du jeune homme, qui semblait au bord de l'évanouissement. Je… je… »

Ils vont le tuer, puis ce sera mon tour, parce qu'il faut éliminer les témoins gênants…

« Baisse les volets, imbécile, ordonna l'homme à la corde. Tu veux que la première personne qui se promène dans la rue se rende compte de ce qui se passe ici ?

— Je… », répéta Kerry.

Elle entendit le grincement des rideaux métalliques qu'on abaissait les uns après les autres, puis le bruit des clefs qui tournaient dans les serrures des deux portes du magasin.

« Je… »

Celui qui la tenait l'examina attentivement. Il était noir, le seul de la bande, et faisait le double de volume de ses compagnons en hauteur et en largeur. Malgré le blouson rembourré, le bras de Kerry disparaissait dans sa main massive.

« C'est une gamine », jugea-t-il.

Bien qu'il lui brisât pratiquement le bras, elle trouva ce propos encourageant et hocha vigoureusement la tête.

« Le prisonnier aussi est jeune. Tu crois qu'ils les recrutent tout petits ? »

Devant le silence des trois hommes, Kerry resta interdite. La question elle-même lui paraissait incompréhensible. *Non devait être la bonne réponse*, estima-t-elle. Mieux valait dire « non », quel que soit ce qu'on lui demandait, à moins bien sûr qu'on ne lui propose de la ramener chez elle.

Avant qu'elle ait pu retrouver l'usage de la parole, un des autres hommes la saisit par les cheveux et tourna son visage vers le sien.

« Je n'ai rien fait, balbutia-t-elle, cherchant les paroles les plus apaisantes possible. Je vous en prie, ne me faites pas de mal... »

Le Noir, tout en maintenant sa prise, commença à lui palper le bras de son autre main.

Elle sentit ses genoux se dérober sous elle.

Autant tomber dans les pommes pendant qu'ils me...

Bizarrement, la main de l'homme descendit vers l'avant-bras, qu'il secoua comme pour éprouver la solidité du membre. Alors qu'il lui pressait les doigts, elle grimaça de douleur.

« Elle n'en est pas un, déclara-t-il.

— Je pense que vous avez raison, approuva-t-elle.

— La ferme ! aboya celui qui la tenait par les cheveux.

— Qu'est-ce que tu fais ici, petite ? » lui demanda l'homme à la corde.

Ce fut seulement à ce moment qu'elle reconnut le propriétaire de la laverie, M. Lav'o Matic en personne, qui passait ses journées à lire la Bible et à offrir aux clients ses tracts religieux.

« Répondez ! insista-t-il, d'un ton plus menaçant.

— Je suis désolée, bégaya-t-elle, je suis venue chercher l'ours en peluche de mon petit frère. »

Elle tenta de montrer Footy, qui se trouvait au bout du bras que le Noir était lentement en train de déboîter.

Le koala tomba mollement sur le sol.

« Vous m'avez déjà vue », continua-t-elle.

Qu'est-ce qui lui prend ? pensait-elle en même temps. *Les dealers et les chefs de gang n'encouragent pas les gens à lire les Saintes Écritures.*

« Vous me connaissez déjà ! Je m'appelle Kerry Nowicki. Je viens souvent ici avec mon père, Stephen et mon frère, Ian. Avant d'entrer, mon père achète toujours un ballon de baudruche à la boutique d'à côté, et il l'attache au poignet de Ian pour ne pas le perdre de vue parmi les machines à laver… »

Rien n'indiquait (dans l'attitude du propriétaire) que ces détails lui rappelaient quelque chose.

« … Nous sommes venus ici hier soir, après dîner. Et c'est à ce moment que Ian a perdu son ours en peluche sous le comptoir, près de la porte. Quelqu'un l'a sûrement trouvé, vous peut-être, parce que, quand je suis revenue, il était posé près de la caisse enregistreuse. »

L'homme abaissa les yeux en direction de Footy. Finalement, il hocha la tête.

« Je la reconnais, dit-il aux autres. Elle vient avec sa famille une ou deux fois par semaine.

— Et toujours après dîner ? » demanda celui qui agrippait les cheveux de Kerry.

La question paraissait farfelue, mais M. Lav'o Matic regarda son compagnon droit dans les yeux.

« Non. Ils viennent le samedi de temps en temps. Ce jour-là, on ferme avant la nuit. »

L'homme qui tenait le bras de Kerry relâcha un peu son étreinte, ce qui lui permit de poser les talons à terre ; au même instant l'autre laissa retomber la queue de cheval, tout en grommelant :

« Tout de même, elle arrive pas au meilleur moment. »

Ça tu peux le dire, pensa Kerry.

« Peut-être qu'elle est devenue l'une des leurs depuis samedi... », poursuivit-il.

Kerry sentit son cœur chavirer en voyant les traits du propriétaire se durcir.

« C'est bien possible, admit-il.

— C'est tout l'un ou tout l'autre, fit celui qui lui tenait toujours le bras. On ne peut pas la laisser filer avant d'en avoir fini avec... »

Dans sa tête, elle acheva la phrase pour lui :

... le prisonnier.

Ce qui signifiait qu'ils voulaient le tuer. Elle

remarqua qu'il n'avait pas perdu conscience, malgré les coups. Elle envisagea un instant d'échanger sa liberté contre la promesse de ne rien dire à la police, mais l'idée de le faire sous les yeux du jeune homme ligoté l'en dissuada. Et puis, ils ne la croiraient pas de toute façon.

« Tu n'as aucune raison d'avoir peur, lui dit le propriétaire, si tu es bien ce que tu prétends être. »

Ce que je prétends être ? faillit hurler Kerry. *Mais je n'ai rien dit ! Qu'est-ce que je suis censée être ?*

Mieux valait se taire pour le moment.

« Personne ne veut te faire de mal, poursuivit le petit homme, ce dont elle doutait beaucoup ; elle se força néanmoins à opiner. Nous allons te garder prisonnière jusqu'à demain matin. Puis nous te ramènerons nous-mêmes chez toi.

— Et d'ici là, qu'allez-vous me faire ? balbutia-t-elle.

— Rien du tout, la rassura-t-il. Assieds-toi et tiens-toi tranquille. Ne nous oblige pas à t'attacher. »

La voix de Kerry trembla de plus belle lorsqu'elle posa les yeux sur le prisonnier.

« Et lui ? Qu'est-ce qui l'attend ?

— C'est pas tes oignons », aboya celui qui lui avait tiré les cheveux.

Le petit homme lui lança un regard désapprobateur.

« S'il ne remue pas trop, nous ne toucherons pas un cheveu de sa tête.

— Pas besoin, ricana l'autre.

— Lâche-lui le bras, Roth », ordonna le propriétaire au grand Noir.

Lentement, comme s'il se tenait prêt à l'empoigner à nouveau au cas où elle tenterait de s'échapper, l'homme s'exécuta.

« Tu vois, dit le propriétaire. Il n'y a pas besoin de s'agiter. Assieds-toi. »

Elle obéit instantanément, à l'endroit même où elle se tenait debout auparavant.

« Ne parle pas, ne te mêle pas de ce qui arrive. Tout cela te dépasse. »

Kerry hocha la tête. Assise en face du jeune homme, elle remarqua les horribles traces de sang qu'il avait laissées sur le sol quand ils l'avaient traîné par terre. Elle conclut qu'il devait être blessé à la jambe, bien que sa position – il était à genoux – l'empêchât de s'en assurer. Du sang coulait sur son visage, provenant d'une autre blessure masquée, heureusement, par ses cheveux noirs. La première chose qu'elle avait notée lorsqu'ils l'avaient amené dans la pièce, c'était ses yeux bleus et son teint pâle qui contrastaient avec le rouge écarlate qui maculait son T-shirt orné de l'écusson du club de sport de la fac.

Bien sûr, le vêtement, qu'on pouvait se procurer partout, ne prouvait pas qu'il était vraiment inscrit à l'université. Mais il avait l'air d'un étudiant, peut-être en première année. Elle lui donnait dix-huit ou dix-neuf ans tout au plus, à peine plus âgé qu'elle et en tout cas au moins deux fois plus jeune que n'importe lequel de ses ravisseurs. Le propriétaire approchait la cinquantaine ; quant aux deux autres (Roth qui ressemblait à un joueur de football américain, et celui qui lui avait tiré les cheveux et portait une veste de footballeur aux couleurs des New York Giants), ils avaient sans doute dix ans de moins que leur chef.

Ce qui était étrange, c'est qu'aucun d'eux ne collait à l'image qu'elle se faisait des barons de la drogue ou des terroristes internationaux.

Le patron de la laverie décrocha un téléphone mural payant situé derrière le bureau et composa un numéro qu'il connaissait par cœur. La personne qu'il appelait devait dormir, ou peut-être se trouvait-elle loin du poste, car sept sonneries retentirent avant qu'elle ne décroche.

« Marcia ? Oui, nous en tenons un... À la laverie. Ken est mort, je t'expliquerai plus tard. Marcia, je t'en prie... Passe par l'arrière du magasin, les portes sont fermées à clef. Avant de venir, donne un coup de fil au professeur, pour l'avertir. »

Pendant le silence qui suivit, Kerry sentit la peur lui glacer les os : un meurtre avait déjà été commis !

Le professeur ? Un enseignant est mêlé à tout cela ?

Elle s'imagina un savant fou en blouse blanche se livrant à des expériences sur des cobayes humains. Elle secoua la tête pour chasser cette pensée.

Puis le petit homme soupira :

« Oh, tu crois que c'est vraiment le moment... Bon, mais dépêche-toi... Oui, je sais. »

Comme il venait de raccrocher, Roth lui demanda :

« Qu'est-ce qui se passe ?

— Elle doit acheter des piles pour la caméra vidéo.

— Quelle cruche ! » soupira le grand Noir, résigné comme si la fameuse Marcia n'en était pas à sa première bourde.

D'après le regard noir que lui lança le patron de la laverie, Kerry se demanda si la mystérieuse correspondante n'était pas Mme Lav'o Matic.

« Si vous voulez mon avis, intervint le fan des New York Giants, on n'a pas besoin du caméscope pour commencer. »

Ils se tournèrent tous les trois vers le prisonnier.

Kerry trouvait qu'il faisait face à la situation

avec beaucoup plus de courage qu'elle en aurait eu dans le même cas. Ses yeux brillaient autant de peur que de défi. À sa place, elle aurait pleuré, les aurait suppliés de la libérer, aurait tenté de leur faire comprendre qu'elle était prête à coopérer... Mais à quoi ? La différence entre elle et lui, c'est qu'il savait ce que ses geôliers attendaient de lui.

« Enlève-lui le bâillon, dit Roth.

— Ça ne sert à rien, il ne voudra pas nous aider, marmonna New York Giants, peu convaincu, malgré les dires de ses compagnons, que le jeune homme se plierait à leurs exigences.

— Il vaudrait mieux attendre Marcia, proposa le patron. Lorsqu'il verra l'aube s'approcher, il deviendra peut-être plus bavard. »

L'homme à la veste de sport retira le bâillon.

Tout ce qu'il espère du prisonnier, pensa Kerry, *c'est qu'il l'insulte. Ça lui donnera un prétexte pour le passer de nouveau à tabac.*

Contre toute attente, le jeune homme ne lança aucune invective contre ses ravisseurs. Se tournant vers Kerry, il dit avec un débit rapide :

« Je m'appelle Ethan Bryne. Si vous vous en sortez, avertissez la police... »

Le fana de football américain lui envoya un coup de pied dans l'estomac. Ethan se plia en deux, le souffle coupé.

« Ne raconte pas de bêtises, aboya son tortionnaire. Tu n'as pas plus envie de voir la police débarquer que nous. Peut-être même moins que nous.

— Dites-leur que... »

Comme le prisonnier se penchait en avant, suffoquant, le deuxième coup l'atteignit dans les côtes. L'homme lui assena alors un coup de coude entre les omoplates.

Kerry enfouit son visage dans ses bras, autant pour s'épargner ce spectacle que pour se protéger.

« Arrêtez ou je hurle ! »

Malgré son souci de rester en dehors de cette affaire, elle criait déjà, du plus fort que le lui permettait sa voix étranglée de terreur.

« Arrêtez ! Arrêtez ! Arr... »

Roth intervint brutalement.

« Bon Dieu, pas en face de la gamine !

— Tu vois, rétorqua son compagnon, je t'avais dit qu'elle était l'un des leurs ! »

Le patron de la laverie se contenta de plaquer sa main sur la bouche de la jeune fille et de la tirer en arrière, ce qui signifiait probablement qu'ils allaient continuer leur boucherie sans la forcer à regarder.

Elle tenta de mordre la main qui la bâillonnait, mais elle était trop moite et glissante : elle réussit à peine à la pincer.

« Sidowski ! » siffla le patron entre ses dents.

Encore un nom qu'il serait bon de se rappeler, au cas où je réussirais à me rendre dans un poste de police.

« Ça suffit ! »

Tandis que Kerry cessait de se débattre, elle vit le fana de football s'éloigner à contrecœur du prisonnier. Elle se demanda comment elle avait pu produire un tel effet.

« Elle a essayé de me mordre ! » gémit le patron en tendant sa main vers les deux autres.

Sidowski fit un pas vers Kerry, apparemment prêt à lui arracher la tête, mais le petit homme le retint.

« Regarde », dit-il en montrant le membre blessé.

De quoi se plaint-il ? pensa Kerry. La blessure était pourtant superficielle.

Mais peut-être était-ce justement cela qui importait, car Sidowski se détendit soudain.

« Vous voyez ? J'avais raison, pérorait maintenant le patron. C'est juste une gamine, rien de plus. »

Puis il se pencha vers Kerry et la secoua par les épaules.

« Il faut que tu saches, lui dit-il, qu'il n'est pas humain. Pas vivant.

— Quoi ? balbutia Kerry en fixant Sidowski.

— Non, je parle de lui, fit le petit homme. Le prisonnier.

— Mais…

— C'est un vampire, répéta-t-il. Un mort vivant. Il tue les gens pour se nourrir de leur sang. »

Ethan Bryne secoua la tête, apparemment aussi terrifié que Kerry.

Roth saisit le jeune homme par la mâchoire et retroussa ses lèvres. Les canines étaient certes un peu plus longues et pointues que la moyenne, mais elles n'avaient rien de monstrueux.

Ils croient que c'est un vampire ! Grand Dieu… Et ils espèrent que je n'en suis pas un moi aussi.

En comparaison, se retrouver au beau milieu d'une exécution sanglante entre bandes rivales ou trafiquants de drogue était plus rassurant.

Tout était préférable à cette bande de fous à lier.

2

UNE SITUATION DÉSESPÉRÉE…

« Ainsi donc, c'est un vampire », répéta Kerry d'un ton neutre, essayant de ne pas leur montrer qu'elle les prenait pour des fous.

Roth et M. Lav'o Matic acquiescèrent, tandis que Sidowski gardait une mine méfiante, guettant sans doute la moindre faille dans ses réactions, prouvant que Kerry était aussi un mort vivant. Ethan, ensanglanté et le visage marbré de bleu, lui jeta un regard désespéré. Elle se demanda s'il avait un traumatisme crânien, et s'il ne risquait pas de tomber dans le coma.

Malgré sa peur, elle se rappela les avoir entendus parler du matin, et d'une caméra vidéo. Ces propos prenaient maintenant tout leur sens.

« Vous voulez le garder ici jusqu'à l'aube, dit-elle. Et voir si le soleil levant le… quoi, au fait ? Le fasse fondre, ou s'enflammer ? »

Ils la considérèrent longuement, estimant peut-être qu'elle se moquait d'eux. Ses autres pensées restèrent coincées dans la gorge :

Ou peut-être voulez-vous lui planter un pieu dans le cœur ?

« Quel que soit le crime que vous lui collez sur le dos…, commença-t-elle, puis elle se reprit pour ne pas avoir l'air de les juger : quel que soit le crime qu'il a commis, est-ce qu'on ne peut pas l'empêcher de se vider de son sang avant demain matin ?

— Y'a pas de danger, lui lança Roth d'un ton railleur. Il n'est pas si mal en point qu'il en a l'air. Tout ça, c'est de la comédie pour t'impressionner. »

Comme Kerry faisait mine de se lever, le patron de la laverie la fit tomber à terre d'un geste brusque, tandis que Sidowski ouvrait sa veste, dévoilant sous son aisselle un pistolet niché dans un holster. Le message était clair : ces hommes ne plaisantaient pas.

« Je voulais juste…, balbutia-t-elle, la voix comme hachée par les pales d'un ventilateur,… aller chercher du papier absorbant sur le bureau, pour arrêter l'hémorragie.

— Il s'en sortira, marmonna Sidowski. Les vampires sont plus résistants que les gens normaux. »

Cependant, le patron lui permit de se lever.

« Laisse-la. Qu'elle ait l'impression de se rendre utile, si ça lui chante. Tant qu'elle n'essaie pas de faire de bêtises…

— Merci », lui dit-elle d'un ton ironique.

Bien qu'elle n'ait prévu de commettre aucune bêtise (au sens où les trois hommes l'entendaient), la première chose sur laquelle son regard se posa lorsqu'elle s'approcha du bureau fut le cendrier dans lequel elle avait déposé la lame de rasoir.

Sans se donner le temps d'y réfléchir, car la moindre hésitation aurait signifié sa perte, elle saisit cette unique chance de s'en emparer : elle tendit la main vers le rouleau de papier absorbant, attrapant au passage le petit objet de métal.

La lame lui coupa le bout des doigts, mais elle continua son geste et tenta de garder un visage impassible. Évitant de penser à la douleur qu'elle n'allait pas tarder à ressentir, elle serra les feuilles épaisses de toutes ses forces, afin de cacher sa blessure et d'empêcher en même temps le sang de couler.

Comme elle faisait demi-tour, elle se trouva nez à nez avec M. Lav'o Matic et se figea. Mais celui-ci la contourna et s'assit derrière sa caisse.

C'est bien, songea-t-elle, *perché sur sa chaise, il pensera moins à nous faire du mal.*

Sauf bien sûr s'il sort une arme de son tiroir.

Mais le petit homme se contenta de prendre la Bible et l'ouvrit apparemment au hasard, à moins que la page n'ait été marquée.

Peut-être cherche-t-il une aide morale. Espérons qu'il a trouvé le passage où Dieu ordonne : « Tu ne tueras point. »

Par bonheur, aucun des deux autres hommes ne s'interposa lorsqu'elle s'avança d'un pas décidé vers Ethan. S'agenouillant devant lui, elle déchira un bout de papier et l'appliqua sans douceur sur sa blessure, plus pressée de l'imprégner de son sang – afin de cacher sa propre coupure – que de faire preuve de délicatesse.

La rudesse du traitement fit tressaillir Ethan.

« Désolée », dit-elle, tout en examinant pour la première fois la blessure de près. La peau qui l'entourait était toute gonflée, et virait au violet.

Du calme, se dit-elle.

Il fallait qu'elle tienne son rôle d'infirmière modèle ; pas question de tourner de l'œil ou d'avoir des nausées.

C'est pas juste ! Pourquoi faut-il que ce soit moi qui me charge de ce boulot ?

« Tout va bien », affirma Ethan, avec un optimisme peu en rapport avec sa situation.

Pendant une seconde, leurs regards se croisèrent.

Ce n'était pas le moment de se laisser distraire par sa beauté, ou la bravoure qu'il affichait.

Discrètement, elle laissa tomber la lame dans sa poche.

« Ça va sûrement faire un peu mal », annonça-t-elle, comme s'il ne s'en doutait pas déjà.

Cette marque de sympathie arracha un nouveau juron à Sidowski.

« À t'entendre, on dirait que c'est un pauvre gamin qui a eu le malheur de tomber sur des dingues assoiffés de violence. Tu crois qu'il est à l'article de la mort parce qu'il s'est fait quelques égratignures en tombant de sa bicyclette ?

— Je ne sais pas, rétorqua Kerry, voulant éviter toute dispute.

— Il a brisé la nuque de Ken ! » hurla le fan des Giants.

Le geste véhément qu'il fit pour accompagner ses propos fit sursauter Kerry.

« Comme ça ! »

Les yeux effarés d'Ethan allèrent de Sidowski à Kerry.

« C'est pas vrai, murmura-t-il. Ils étaient seulement trois... »

L'homme lui décrocha un violent coup de pied dans le ventre.

« Trois », haleta le jeune homme, ce qui lui valut un deuxième coup.

Il se mit à tousser de façon incontrôlée et à cracher du sang.

« Ça suffit ! » cria Kerry, saisissant sans réfléchir le bras de Sidowski.

Jusqu'à présent, elle s'était crue forte et capable de se défendre ; mais le ravisseur l'envoya valser sans effort apparent au fond de la pièce. Elle fut sauvée par l'intervention soudaine de Roth qui, debout devant la porte, risqua un œil entre les lattes des stores.

« Quelqu'un s'approche », dit-il entre ses dents.

Sidowski dégaina aussitôt son arme et posa le canon contre la tempe du prisonnier.

« Vampire ou pas, ça fera de sacrés dégâts si je tire ! »

Ramassé sur lui-même, le visage crispé par la douleur, Ethan resta silencieux.

Une personne essaya en vain d'ouvrir la porte fermée à clef. Finalement, des coups retentirent.

« C'est la police ? chuchota le patron, plus immobile qu'une statue de glace.

— Non, répondit Roth à voix basse. Des clients. Ils apportent du linge.

— Ho ho, là-dedans ! s'écria une voix que Kerry identifia comme celle d'une étudiante, qui paraissait passablement excitée.

— Laissez-nous entrer. C'est une urgence, gloussa une deuxième fille.

— Nous sommes fermés ! cria le patron de son bureau.

— Mais c'est important, insista la première. Tonya a renversé du café sur mon lit, et je n'ai pas de draps de rechange !

— Désolé, nous ne pouvons rien faire pour vous, répliqua le patron.

— Ouvert vingt-quatre heures sur vingt-quatre ! C'est écrit là sur la porte ! intervint l'autre étudiante. Et c'est aussi sur l'enseigne. Alors qu'est-ce qui vous arrive ?

— Les machines sont en panne, expliqua le petit homme. L'eau a gelé dans les tuyaux. Pas d'alimentation. Nous sommes fermés. »

Un coup de pied fit trembler la porte.

« Y a pourtant bien écrit que c'est tout le temps ouvert », grommela une des deux voix.

Kerry entendit un bruit de pas qui s'éloignaient, des portières qu'on ouvre et qu'on claque plusieurs fois, le rugissement d'un moteur et le crissement des pneus.

Sidowski abaissa lentement son arme, avec une réticence inquiétante, comme s'il était prêt à recommencer son passage à tabac en utilisant cette fois-ci la crosse du pistolet.

« Je vais prendre un peu l'air », déclara le

patron en rangeant la Bible dans le tiroir, qu'il ferma d'un coup sec.

Peut-être cherchait-il à manifester sa désapprobation ; Kerry n'y vit que de la lâcheté.

« Ne fais pas l'imbécile, lui dit Sidowski en l'agrippant par le bras.

— Je reste devant le magasin, plaida le petit homme. J'attends Marcia.

— Lâche-le », intervint Roth.

Mais le fan des Giants maintint sa prise un long moment, comme s'il désirait montrer qu'il refusait désormais d'exécuter les ordres de M. Lav'o Matic autant que ceux de Roth.

Lorsque le patron fut sorti, il se hissa sur le comptoir, à quelques mètres du prisonnier, épiant leurs moindres mouvements. De son côté, Roth continuait à surveiller ce qui se passait dans la rue.

« Tu vis sur le campus ? » demanda-t-elle.

Du coin de l'œil, elle le vit secouer la tête. Il se mordait les lèvres, essayant de toutes ses forces de ne pas hurler ou écarter les mains maladroites qui le pansaient.

« Je te fais mal », répéta-t-elle, à quoi il répondit par un hochement de tête.

Comme elle se levait pour aller chercher d'autres feuilles de papier absorbant, elle ne put s'empêcher de penser que, s'il était étudiant et vivait en dehors du campus, il devait être plus âgé qu'elle ne le croyait. Puis elle s'en voulut de sa frivolité. Ce n'était pas le moment de songer à ce genre de détails...

Bien qu'elle se sentît peu à l'aise dans son blouson, elle n'osait pas l'ouvrir. D'abord, parce qu'elle était en chemise de nuit, ensuite parce que Sidowski risquait de prendre l'inscription *Ne me parlez pas le matin* comme un aveu.

Lorsqu'elle revint s'agenouiller auprès d'Ethan, celui-ci tourna la tête dans sa direction et chuchota :

« Ils se trompent. Je ne suis pas un vampire.

— Bien sûr que non, répondit-elle à voix basse, vexée de son manque de confiance.

— Je ne crois pas que tu sois en danger, continua-t-il, mais évite de les provoquer

— Mais je ne...

— Garde tes distances avec moi, et fais tout ce qu'ils te demandent. Mais quand tu sentiras que l'aube approche, et pas avant, commence à t'agiter. Exige d'être libérée tout de suite. Parce que, dès qu'ils s'apercevront qu'ils ont tué un mortel, ils vont vouloir effacer les traces... »

Tuer le témoin, traduisit-elle.

Kerry sentit le souffle lui manquer.

« Je m'appelle Ethan Bryne. J'habite au 3747 rue Brockport-Bergen. Je vis avec mon oncle, mais il est en voyage à l'étranger. Personne ne va s'inquiéter de mon absence avant les prochains cours, dans quelques jours... »

Kerry se mordit les lèvres, essayant de retenir ses larmes. S'estimant perdu, Ethan ne songeait plus qu'à la sauver.

À ce moment, Sidowski l'aperçut et descendit du comptoir.

« Qu'est-ce qu'il te raconte, encore ?

— Rien », répondirent en même temps les deux jeunes gens.

Comme le ravisseur continuait de s'avancer, Roth leur sauva la vie pour la deuxième fois de la soirée.

« Marcia est en train de se garer », annonça-t-il.

3

ENFIN LIBRES !

Le nombre de ravisseurs allait bientôt s'accroître dans la pièce, réduisant à néant toutes ses chances de libérer Ethan ; aussi Kerry décida-t-elle que c'était l'instant ou jamais de passer à l'action.

Comme Sidowski lui tournait le dos pour se diriger vers la porte du fond, elle chuchota à l'oreille du captif :

« Penche-toi en avant. »

Elle posa la main sur les épaules de l'étudiant et l'écarta le plus possible de la machine à laver. De là où il était, le fan des Giants ne pouvait se rendre compte de rien, car le corps d'Ethan lui bouchait la vue. En revanche, si Roth détournait la tête de la porte de la boutique, c'en était fait d'eux.

La lame de rasoir lui entama de nouveau le bout des doigts lorsqu'elle la sortit de sa poche, mais elle n'avait guère le temps de s'attarder sur ses blessures : dehors, la voiture était toujours en train de manœuvrer pour se garer, et il fallait profiter de ce répit.

Se penchant derrière Ethan, elle examina ses liens. Les choses se présentaient à la fois bien et mal. Il serait facile de le détacher de la machine : il y était retenu par une simple corde qui passait entre ses deux poignets. Ceux-ci étaient en revanche solidement entravés ; celui des ravisseurs qui l'avait ligoté après sa capture avait passé trois ou quatre fois le lien entre les deux mains, en faisant des huit chaque fois.

Elle n'aurait jamais le temps de couper tout cela. Elle restait interdite devant ce problème insurmontable, lorsqu'elle entendit Roth frapper bruyamment de l'index à la vitre.

« Tu vas te décider à la garer, cette bagnole, oui ou non ? » hurla-t-il.

Elle se rendit compte que depuis tout à l'heure, le moteur n'avait cessé de rugir.

Les créneaux, c'est pas son fort. Je compatis.

D'après ce que grommelait Roth, elle comprit que Marcia refusait d'enfreindre les consignes de sécurité en se garant devant une borne d'incendie. Ce faisant, elle permettait à Kerry de gagner un temps précieux.

Celle-ci décida de couper les liens qui passaient autour des poignets, même si elle risquait de blesser Ethan, plutôt que de perdre son temps à s'attaquer au nœud énorme du milieu.

Comme elle venait de couper une des quatre cordes, le moteur se tut.

Plus que trois.

Elle entendit un bruit de portière, puis un autre, si rapidement qu'elle devina que le patron de la laverie s'était rendu devant le magasin et venait d'ouvrir la porte côté passager pour récupérer la caméra tant attendue.

Elle en était au beau milieu de la deuxième corde lorsque les deux portes du magasin – de la devanture et du fond – claquèrent en même temps. Elle appuya sur la lame, qui dérapa, entamant le poignet d'Ethan. Celui-ci sursauta mais resta muet. Pétrifiée, elle regardait le sang couler le long des mains du jeune homme et jusqu'au sol. On pouvait mourir de cette manière : combien de temps restait-il au jeune homme avant que l'hémorragie lui soit fatale ?

« Continue, vas-y ! » lui chuchota-t-il à l'oreille.

Était-il conscient de la gravité de la blessure infligée par son soi-disant sauveteur ? Mais au point où ils en étaient, cela ne faisait aucune différence.

Les dents serrées, elle se remit à l'ouvrage, bien que désormais tout fût noyé dans une masse rouge.

Elle sentit la deuxième corde céder comme Sidowski ouvrait la porte du fond, et s'attaqua à la troisième lorsqu'il grommela :

« Il était temps. »

Puis il s'interrompit en la voyant.

« Hé, toi ! s'écria-t-il. Qu'est-ce que tu fabriques ! »

Elle acheva de couper la corde, et sentit qu'elle le blessait de nouveau. Ethan siffla entre ses dents.

Tout ça pour rien.

Il restait encore un lien à rompre et le fan des Giants n'avait que dix enjambées à faire pour les rejoindre. Elle laissa tomber la lame de rasoir sur le sol et s'essuya la main gauche – la moins poisseuse des deux – sur sa jambe de pantalon.

« Rien. Je cherchais juste l'ours en peluche de mon frère. »

Elle tendit la main vers Footy, qui se trouvait effectivement dans les parages, poussé d'un coup de pied par l'un des ravisseurs après qu'elle l'eut fait tomber.

L'excuse était trop grosse, et elle le savait.

Elle ramassa la peluche et la montra à Roth derrière elle, puis à Sidowski, au patron de la laverie et à une femme dont les cheveux blonds étaient rassemblés en un chignon comme seules en portent les coiffeuses professionnelles. Kerry se demanda si les autres apercevraient le sang du prisonnier sous ses ongles, puis se dit que ça n'avait plus d'importance…

Pour Kerry, la suite se passa comme au ralenti.

Sidowski fit un pas dans sa direction, puis un autre. À mesure qu'il se rapprochait, elle s'aperçut qu'elle avait mal estimé la distance qui les séparait et qu'il lui faudrait non pas dix mais cinq enjambées pour les rejoindre. Mais, à ce moment, Ethan écarta brusquement les deux mains et la quatrième corde céda…

… Comme le fan de football américain entamait son cinquième pas, le jeune homme ramassa d'un geste vif la lame, se coupant sans doute encore au passage…

… Derrière elle, la voix de Roth – mieux placé que ses trois compagnons pour se rendre compte de la situation – se mit à tonner :

« Bon Dieu, il est libre !… »

… et Sidowski passa devant Ethan, sans se soucier de lui ; c'était *elle* qu'il voulait saisir par les cheveux. Et, comme il se penchait en avant et tendait la main vers Kerry, les mots que venait de prononcer Roth atteignirent son cerveau et ses yeux s'écarquillèrent d'effroi...

... Kerry s'attendait à ce qu'Ethan fasse usage du rasoir à l'encontre de son ravisseur – le genre de scènes, au cinéma, au cours desquelles elle se cachait les yeux avec ses mains. Dans ce cas précis il n'avait pas le choix.

Au lieu de cela, l'étudiant ramena sous lui sa jambe indemne et, se levant d'un seul coup, il carra son coude dans l'estomac de Sidowski avec toute la force de son élan et, tandis que celui-ci se pliait en deux de douleur, il le frappa de nouveau au menton.

Puis il fut sur ses deux jambes à une vitesse qui stupéfia Kerry ; contrairement à son attente, il ne s'attaqua pas à Sidowski – d'ailleurs prostré et impuissant – mais à Marcia.

Celle-ci poussa un petit cri strident, mais n'eut pas le temps de se débattre ; déjà il était derrière elle, une main passée autour de la taille, l'autre plaquant la lame de rasoir contre sa gorge. Sur l'anorak bleu pastel de Marcia, une tache rouge s'étalait, autour du poignet d'Ethan.

« En arrière, sinon... », murmura-t-il, à bout de souffle.

Roth, qui avait presque rejoint Kerry, toujours agenouillée, tenta de l'amadouer :

« Du calme, petit. Elle ne t'a rien fait, elle est restée chez elle presque toute la soirée. »

De son côté, le patron de la laverie laissa tomber sa caméra vidéo sur le sol.

Il est en état de choc, jugea Kerry d'après son visage.

Le vacarme fit tressaillir Ethan, qui resserra son étreinte autour du cou de Marcia ; celle-ci poussa par avance un cri de douleur. Mais, pour l'instant, le sang qui maculait ses vêtements n'appartenait qu'au jeune homme. De son côté, le petit homme s'écria « Non ! » en voyant la main se crisper sur la lame du rasoir – ce qui confirma Kerry dans son premier jugement : Marcia était sûrement Mme Lav'o Matic – tandis que Roth esquissait un pas en direction de son ancien prisonnier.

Celui-ci demeurait sur ses gardes.

« Je n'ai rien à perdre, les prévint-il.

— Roth, reste où tu es », supplia le propriétaire de la laverie.

Pendant une seconde qui parut s'étirer indéfiniment, ils se mesurèrent chacun du regard, cherchant une faille chez l'adversaire.

Finalement, Roth fit un pas en arrière.

Sidowski, de son côté, avait retrouvé assez de souffle pour recommencer à jurer.

« Kerry, tu es venue en voiture ? » demanda Ethan sans accorder la moindre attention au fana de football américain.

Elle hocha la tête.

« Tu as toujours les clefs ? »

Elle dut chercher un instant. Toujours à genoux, elle fouilla ses poches et finit par trouver le trousseau. Fourrant le koala en peluche dans son blouson, elle se leva.

« Fais démarrer la voiture et ouvre la portière côté passager, d'accord ? »

Comment pouvait-il s'imaginer qu'après tout ce qu'elle venait de faire pour lui elle partirait sans l'emmener ?

« D'accord, répondit-elle.

— Vous autres, asseyez-vous », ordonna-t-il.

Kerry passa devant Sidowski, le patron de la laverie et enfin Ethan et Marcia la coiffeuse, qui semblait aussi terrorisée que la jeune fille, quelques heures auparavant. Kerry essaya de ne pas trop compatir.

Après tout, cela fait un petit moment que ses trois amis me menacent. Et il y a une grosse différence : Ethan n'est pas un dingue comme eux ; il ne lui fera pas de mal. Même si elle ne le sait pas. Dans quelques minutes, le cauchemar sera fini pour elle.

Kerry sortit par la porte du fond et courut jusqu'à son véhicule. Elle déverrouilla les portières des deux côtés, puis s'installa au volant et démarra.

Ethan apparut au coin de la rue, traînant à demi son otage. Kerry exécuta une marche arrière sur quelques mètres pour se rapprocher de lui, heurtant au passage une poubelle avec la portière.

Le jeune homme repoussa Marcia, si violemment qu'elle perdit l'équilibre et s'étala sur le trottoir. En un éclair, Kerry se demanda s'il s'était contenté de la faire tomber, ou s'il lui avait fait autre chose avant de la lâcher. Puis il s'engouffra dans la voiture et elle écrasa l'accélérateur avant même qu'il ait fermé la porte.

Elle parvint à éviter de justesse la berline de Mme Lav'o Matic, garée devant elle. Tandis qu'ils s'éloignaient, elle aperçut dans son rétroviseur le trottoir inondé de lumière devant la laverie, et le patron, qui venait d'ouvrir la porte, se précipitant vers sa femme toujours au sol.

Ils avaient dépassé le premier pâté de maisons lorsqu'elle entendit une détonation. Instinctivement, elle se tassa sur le siège, même si elle savait que ce n'était pas *après* avoir entendu un coup de feu qu'il faut se baisser.

Si son père retrouvait sa voiture criblée d'impacts de balle, il la tuerait, pensa-t-elle.

On tira encore deux fois sur eux, puis la fusillade cessa.

« Nous sommes trop loin », la rassura Ethan.

Sans doute avait-il raison, car les vitres étaient intactes.

« C'est bien, dit-elle, en ralentissant, pour ne

pas s'envoler lorsque la voiture passerait sur la bosse du ralentisseur avant le pont.

« Tu ne l'as pas… »

Elle grilla le feu rouge, puis regarda Ethan une fois l'intersection passée ; heureusement déserte. Il semblait toujours attendre qu'elle termine sa phrase.

« Tu ne l'as pas tuée ? Non ?

— Non, dit-il en secouant vigoureusement la tête. Ne t'en fais pas. »

Puis, posant son front sur ses genoux repliés, il se mit à soupirer.

« Oh, mon Dieu ! »

Kerry négocia un virage si rapidement que les pneus dérapèrent en crissant sur la chaussée.

À cette heure et sur cette route, estima-t-elle, un conducteur attirerait moins l'attention s'il roulait à une vitesse normale ; aussi décida-t-elle de lever le pied.

Elle tourna deux fois encore à droite, afin de retourner en ville plutôt que de s'engager sur des routes désertes de campagne, sans embranchement avant plusieurs kilomètres. Si jamais une course-poursuite s'engageait, comme on en voyait dans les feuilletons à la télé, elle savait qu'elle n'avait ni les nerfs assez solides ni l'expérience pour semer un conducteur déterminé.

« Ethan ! s'écria-t-elle soudain, consciente

qu'il n'avait pas bougé d'un pouce depuis tout à l'heure. *Ethan !* »

Il redressa légèrement la tête.

« Tu vas bien ? » demanda-t-elle, les yeux toujours fixés sur la route.

Il acquiesça, puis appuya son dos contre le siège. Lentement, il sortit un mouchoir de son jeans et le noua autour de son poignet.

« Où vas-tu ? s'exclama-t-il soudain, remarquant qu'ils avaient fait demi-tour.

— Ils nous ont vus prendre l'autre direction, expliqua-t-elle, vers le nord. Avec un peu de chance, ils ne nous chercheront pas au sud. »

En supposant, bien sûr, qu'ils ne les croisent pas dans l'autre sens, et que, dans ce cas, ils ne reconnaissent pas sa voiture.

Ethan hocha de nouveau la tête. En s'aidant de sa main gauche et de ses dents, il parvint à faire un nœud serré au mouchoir.

Elle se risqua à jeter un coup d'œil plus attentif vers lui. Ce bandage de fortune allait-il enrayer l'hémorragie ? Pour l'instant, cela semblait suffire.

Lorsqu'ils repassèrent devant la laverie, elle aperçut la porte ouverte et le magasin apparemment vide. La berline avait disparu, et la police n'était pas intervenue en dépit des coups de feu. Sans le jeune homme exsangue sur le siège du passager, elle aurait tout aussi bien pu avoir rêvé la scène.

« Est-ce que la clinique du campus fonctionne vingt-quatre heures sur vingt-quatre ? lui demanda-t-elle. C'est plus près que l'hôpital... »

— Je ne sais pas, soupira Ethan. Je n'y suis jamais allé.

— Peut-être devrions-nous voir la police en premier ?

— Non... d'abord la clinique, répondit-il après mûre réflexion. Je m'en sortirai, la rassura-t-il, en réponse au regard angoissé qu'elle lui adressa. Et puis, nous pourrons toujours appeler le commissariat de là-bas. »

Elle n'était pas aussi optimiste que lui sur son état de santé : elle n'avait jamais vu quelqu'un d'aussi pâle, à part sa tante Fern le jour de son enterrement.

Comme elle prenait la route du campus, elle lui demanda de lui indiquer le chemin.

« Je ne connais pas bien la fac, avoua-t-elle, et je n'ai pas l'habitude de conduire la nuit... »

Dès qu'elle vit le regard vif qu'il lui lançait, elle s'en voulut immédiatement de lui avoir livré une telle information.

« Tu n'as pas ton permis », devina-t-il.

Elle n'avait jamais su mentir ; son visage la trahissait toujours. Aussi n'essaya-t-elle même pas, et se contenta-t-elle de secouer la tête.

Il se laissa retomber sur le dossier de son siège, le visage tourné vers elle.

« Kerry, s'enquit-il d'une voix douce, quel âge as-tu donc ?

— Seize ans. »

Elle roulait désormais assez lentement pour pouvoir le regarder sans risque. Ainsi, chacun s'était trompé sur l'âge de l'autre ; elle l'avait cru plus jeune, et lui ne savait pas qu'il avait affaire à une adolescente.

Si au moins je l'avais bouclé, pensa-t-elle.

« À gauche », indiqua-t-il sans prévenir. Elle braqua violemment et roula sur le trottoir.

« Désolée », lâcha-t-elle entre les dents.

Il se pencha en avant et montra quelque chose du doigt devant lui.

« Après cet immeuble. »

Cette fois-ci, il l'avait avertie à temps ; mais elle crut qu'il s'agissait d'un immeuble d'un seul tenant. Lorsqu'elle aperçut la petite allée qui séparait les deux ailes du bâtiment, il était trop tard.

« Gare-toi ici », lui demanda Ethan.

Elle se rangea sur le côté gauche de la rue, le long de l'immeuble, avant de réaliser qu'elle se trouvait sur une voie à double sens.

« Vraiment désolée, reprit-elle. Je suis nulle.

— Mais non », fit-il en se calant sur son siège.

Comme il éclatait de rire, elle répéta une

nouvelle fois « désolée », sans trop savoir pourquoi, puis coupa brusquement le moteur.

De quoi s'excusait-elle ? pensa-t-elle avec colère. D'être ridicule ?

Devinant qu'il l'avait vexée, il murmura, sans aucune trace d'humour dans la voix :

« Je suis soulagé d'en être sorti, Kerry. C'est nerveux. C'est moi qui te demande pardon ; je te dois la vie. »

Elle prit soudain conscience de ce qui était arrivé pendant ces dernières heures : ils avaient échappé à la mort, surtout lui. Bien que le danger fût écarté, elle se mit pourtant à trembler.

Ethan glissa jusqu'à elle et passa son bras autour de ses épaules.

« Pardonne-moi, répéta-t-elle. C'est idiot de craquer maintenant. »

À la lueur des réverbères qui éclairaient le parking, elle entrevit un sourire sur le visage du jeune homme, vite refréné. Puis il posa un baiser sur son front. Même si elle sentait l'ironie derrière ce geste, elle apprécia cette petite manifestation de tendresse. Puis il s'écarta.

« Attends, je peux peut-être t'aider encore…, proposa-t-elle d'une voix émue.

— Ne t'inquiète pas, je m'en sortirai très bien, répondit-il, ce qu'elle prit au premier abord pour de la bravade. Toi, par contre, je ne veux pas que tu sois mêlée à cette affaire…

— Je le suis de toute façon », lui fit-elle remarquer.

Sans prendre la peine de discuter, il sortit péniblement de la voiture et en fit le tour, en s'appuyant sur sa jambe indemne. Lorsqu'elle voulut descendre à son tour, il lui montra le côté passager.

« Qu'est-ce que tu veux faire ? » lui demanda-t-elle en s'exécutant.

Une fois installé au volant, il tendit la main pour qu'elle lui donne les clefs.

« Pourquoi te trouvais-tu à la laverie ? »

Elle eut un instant la tentation de sortir Footy de sa poche et de lui en donner quelques coups sur la tête.

« Est-ce que personne n'écoute ce que je dis ? J'étais là pour récupérer l'ours en peluche que mon frère avait...

— Tu crois que tes parents, l'interrompit-il, vont avaler une histoire pareille ? Que tu es sortie pour ça en pleine nuit, sans permis ? Et la police, comment va-t-elle réagir ?

— Mon *père*, rétorqua Kerry, va probablement me tuer. Quant à la police, elle va sans doute me retirer mon permis de "conduite accompagnée" et me mettre en prison pour les cinquante prochaines années. Mais comme je serai déjà morte, ça ne fait rien...

— Je vais te reconduire devant ta maison, la

coupa-t-il, ou plutôt non : allons chez moi, et tu repartiras de là-bas. Je prendrai la voiture de mon oncle pour me rendre au commissariat. Je leur dirai que ces gars m'ont sauté dessus lorsque je suis entré dans la laverie, et que j'ai réussi à m'en sortir tout seul. Et je ne parlerai pas de toi.

— Ethan, écoute-moi bien : ça ne marchera jamais. Non seulement tes ravisseurs m'ont vue, mais ils connaissent mon nom.

— Et tu crois qu'ils vont se vanter auprès des policiers d'avoir terrorisé une gamine de seize ans ? Ils risquent déjà une lourde peine pour coups et blessures. S'ils parlent de toi, ils sont cuits... Les policiers n'aiment pas que l'on maltraite les enfants. Ça les rend dingues. Crois-moi, si je te laisse en dehors de tout ça, Sidowski et sa bande en feront autant. »

Si seulement cela pouvait être aussi facile, pensa-t-elle.

« Je ne ferai allusion à ta présence qu'en dernier recours », promit-il.

Elle passa en revue toutes les difficultés qui l'attendaient : les taches de sang sur les sièges de la voiture et sur son jeans, qu'il faudrait expliquer à son père ; la possibilité que Ian, affolé de ne pas la voir revenir, ait réveillé son papa...

Ethan avait maintenant repris son souffle, et

semblait en possession de tous ses moyens. Tandis qu'il l'observait, attendant qu'elle se décide, elle ne put s'empêcher d'admirer son courage.

Finalement, elle laissa tomber les clefs dans sa paume tendue. Il faudrait les nettoyer, elles aussi, ainsi que le volant.

Ce plan ne tenait pas debout ; elle le savait.

« On peut toujours essayer », dit-elle.

4

REGINA

Kerry connaissait bien la rue où habitait Ethan, située derrière le supermarché où elle travaillait le vendredi soir après l'école et le samedi après-midi. Elle reconnut même la maison de l'oncle du jeune homme : une grande bâtisse victorienne, avec une galerie qui faisait le tour du rez-de-chaussée, un toit plein de lucarnes biscornues et de tourelles pointues. Combien de fois s'était-elle dit, en la voyant : « Un jour, quand je serai riche, je l'achèterai. » Par rapport aux autres demeures coloniales de la rue Brockport-Berger, elle possédait un avantage de taille : elle était entourée d'un immense terrain, épargné par les découpages des spéculateurs. À chaque printemps et à chaque été, les couleurs resplendissantes de ses massifs de fleurs faisaient pâlir d'envie ses voisins.

« C'est ton oncle qui s'occupe tout seul du jardin ? » interrogea Kerry comme la voiture s'engageait dans l'allée.

Ethan lui lança un regard ébahi, comme s'il se demandait quel genre de travaux on pouvait pratiquer en plein hiver. Avant qu'elle se soit expliquée, il répondit :

« Non, il a des employés. »

Ce n'était pas tant la question qui l'avait surpris ; autre chose le tracassait.

« Que se passe-t-il ? » s'écria-t-elle en le voyant repartir brusquement en marche arrière.

Le capot se souleva lorsqu'il écrasa l'accélérateur ; il recula dans l'allée, puis freina soudain.

« Désolé d'être aussi nerveux, dit-il. J'ai paniqué en voyant la lumière allumée. Mais ne t'en fais pas, tout va bien… »

Heureusement que leur vie ne dépendait pas de ses réflexes à elle ; Kerry avait bien remarqué que le porche était illuminé, mais elle n'en avait rien déduit.

Lorsqu'elle vit la porte s'ouvrir et une belle femme sortir de la maison, elle sentit son cœur se serrer.

Ce que je peux être bête, pensa-t-elle.

Après tout, elle ne savait rien de l'existence d'Ethan.

Le jeune homme rapprocha de nouveau le véhicule de la maison et coupa le moteur.

De près, la femme paraissait du même âge que la mère de Kerry ; mais celle-ci doutait fort qu'il s'agisse de la femme de son oncle. D'abord, Ethan avait parlé de son parent comme d'un célibataire. De plus cette femme ravissante, pieds nus sous le porche avec son verre de vin blanc à la main, n'avait rien d'une gentille tata qui attend son neveu en retard…

L'étrange visiteuse s'accouda à la rampe et adressa à Kerry un sourire peu amical, que celle-ci lui renvoya.

« Eh bien, fit-elle sans détacher ses yeux de l'adolescente, pour une surprise… »

La jeune fille, gênée, hésita à sortir de la voiture, Ethan dut faire le tour du véhicule pour lui ouvrir, comme si c'était ce qu'elle avait attendu dès le début. Sa timidité aggravait le malentendu. La femme au verre la toisa d'un air dédaigneux.

« Elle a l'air plutôt jeune, *mon cher*[1], mais cela vous regarde. Je vais mettre mes chaussures et je vous laisse. »

Kerry sentit ses joues la brûler.

---

1. En français dans le texte.

Qu'Ethan soit très beau, qu'il vive, signe du destin, dans la maison dont elle avait toujours rêvé, et qu'elle ait éprouvé de la déception en découvrant qu'il avait une petite amie – ou plutôt une « grande » amie – tout cela ne justifiait pas les insinuations de la femme.

Ethan paraissait au moins aussi gêné qu'elle par cette remarque.

« Je vous présente Kerry Nowicki, se hâta-t-il de dire avant que la femme ne lui tourne le dos. Elle vient de me sauver la vie. »

La dame fit face à Kerry, affichant une mine narquoise.

« Kerry, je te présente Regina Sloane… »

Après quelques instants d'hésitation, il ajouta :

« Mon professeur de composition anglaise… »

Regina souffla un baiser dans sa direction, comme pour montrer que cette façon de désigner leur relation ne la vexait pas le moins de monde.

« *Mon cher*, répéta-t-elle – au grand agacement de Kerry, qui trouvait prétentieux cet usage insistant du français, surtout avec un accent aussi lamentable – il faudrait assister à un nombre minimum de cours avant que je puisse vous juger…

— Vous êtes venue à pied, ou en voiture ? lui demanda Ethan.

— Moi ? En voiture ! répondit Regina avec un sourire un peu crispé. Je l'ai mise au garage. »

Du menton, elle indiqua l'endroit où l'allée contournait la maison. Apparemment, la blessure du jeune homme n'éveillait en elle ni surprise ni curiosité.

« Je voudrais ramener Kerry chez elle avant que son père ne s'aperçoive de son absence, dit Ethan. En plus, elle n'est pas censée conduire sans être accompagnée. »

Il s'est souvenu que ma mère n'habite pas chez nous, constata la jeune fille avec plaisir.

Il est beau, il n'est pas bête, et en plus il est délicat. Le seul problème, c'est que pour lui je suis une gamine. Si Regina est le genre de femme qui lui plaît, il me faudra attendre au moins vingt ans pour qu'il me prenne au sérieux.

« Est-ce qu'on peut utiliser votre voiture ?

— Mais, bien sûr », répliqua Regina avec un sourire carnassier.

D'un air désinvolte, elle ajouta :

« Et au fait, que s'est-il passé ? »

Dédaignant l'adolescente, Regina ne s'adressait plus qu'au jeune homme, qui à son tour ignora Kerry.

Il lança à la jeune fille un « Je reviens tout de suite » signifiant clairement : « reste dehors », puis claudiqua en direction du palier, tandis que son « professeur » montait l'escalier à la même allure que lui.

« On se verra plus tard », dit-il d'une voix haletante.

Il s'appuya à la rambarde avant de s'attaquer aux trois marches.

Kerry était trop loin pour l'aider. Quant à Regina, elle ne bougea pas d'un centimètre, et se contenta de lâcher d'une voix sèche en montrant la jambe ensanglantée d'Ethan :

« Ils ne t'ont pas raté… »

Puis elle vida son verre d'un trait et entra précipitamment dans la maison.

« Je reviens tout de suite », répéta Ethan à Kerry, rejoignant son professeur.

De là où elle se trouvait, en se mettant sur la pointe des pieds, Kerry apercevait un coin du salon. Peut-être Ethan n'avait-il pas les moyens de s'acheter un blouson ou une voiture, mais son oncle devait rouler sur l'or, si elle en jugeait par le tapis oriental, le piano à queue, l'horloge à balancier et l'énorme miroir ancien à cadre doré en face de la cheminée.

C'est précisément dans cette glace que l'image de Regina se refléta, bientôt suivie par celle d'Ethan.

Kerry baissa la tête de peur d'être surprise le nez contre la vitre, mais elle se rendit compte qu'il y avait peu de chance qu'ils puissent la voir aussi bien qu'elle les voyait.

Lorsqu'elle risqua un deuxième coup d'œil, elle les vit discuter.

Tiens, tiens... je suis sûre que Mme Regina, si indifférente tout à l'heure, est en train d'écouter le récit de la soirée.

Elle aurait aimé entendre le résumé des événements que faisait Ethan, mais les fenêtres étaient fermées. Le visage de Regina ne laissait en tout cas filtrer aucun sentiment.

Ils s'étreignirent soudain, trop vite pour que Kerry ait pu noter qui avait pris l'initiative. Tandis qu'elle baissait la tête, elle sentit une nouvelle morsure de déception au cœur. Juste au moment où elle reprenait espoir !

Professeur, tu parles ! pensa-t-elle.

Soudain consciente du froid, elle se frictionna les bras. Désormais le miroir ne réfléchissait plus que l'âtre.

Elle retomba rapidement sur ses talons, au moment où la porte d'entrée s'ouvrait pour livrer passage à Regina.

Rien n'indiquait dans ses manières qu'elle avait remarqué le coup d'œil indiscret de Kerry : adossée à la voiture, sa cigarette à la main, elle affichait le même sourire dédaigneux que tout à l'heure.

Ethan sortit à son tour, un seau d'eau à la main. Il avait pris le temps de se changer, et de refaire son pansement, mais n'avait toujours pas de blouson. Regina se déplaça légèrement afin qu'il puisse ouvrir la porte côté passager. Sans adresser un mot aux deux femmes, il s'agenouilla avec lenteur et commença à frotter le sang sur le tapis de sol et le siège. Tout aussi silencieuse, Regina sortit une autre cigarette de son paquet.

Kerry croyait comprendre ce que signifiait cette indifférence de façade : « On s'expliquera quand la gamine ne sera plus là... » Pourtant, elle se sentait gênée pour Ethan.

« Laisse-moi t'aider, proposa-t-elle. Tu n'es pas en état. »

Mais le garçon secoua la tête, un sourire résigné aux lèvres.

Il essuya le volant, les poignées et le tableau de bord. Le père de Kerry risquait tout au plus de s'étonner de retrouver sa voiture plus propre qu'elle ne l'avait été depuis longtemps.

Enfin Ethan se releva lentement, s'appuyant plus que tout à l'heure sur sa jambe indemne. Il avait mouillé son bandage, et du sang s'était répandu sur la manche de son sweater gris.

Sa pâleur était vraiment inquiétante.

C'est idiot, pensa Kerry, *nous aurions dû aller directement à une clinique.*

En tout cas, il lui fallait maintenant se reposer, reprendre son souffle. Mais Regina ne lui en laissa pas le temps ; elle écrasa sa cigarette et dit :

« Prêt ? »

Puis, sans attendre de réponse, elle déposa un baiser sec sur sa joue et s'adressa à Kerry :

« Vous viendrez avec moi. Je suis certaine que les sièges de votre voiture sont tout humides. Vous n'allez pas vous mouiller le derrière juste pour le plaisir de rouler avec Ethan... »

Se sentant de nouveau rougir, l'adolescente se tourna vers le jeune homme avec un air interrogateur. Mais celui-ci, comme elle le craignait, n'émit aucune objection. Elle suivit Regina jusqu'à sa voiture.

La rutilante Ferrari garée sur le côté de la maison, impressionna Kerry sans vraiment la surprendre ; tandis que le « professeur » d'Ethan se penchait pour ouvrir la porte côté passager, Kerry admira le reste de la propriété : garage pour trois voitures, court de tennis, et une barrière qui entourait sans doute une piscine. La maison était encore plus luxueuse qu'elle ne se l'était imaginé, et situait Ethan dans un milieu social à cent années-lumière au-dessus du sien.

« Il faut soulever la poignée, ma chérie, chantonna Regina, comme si elle prenait Kerry pour une imbécile.

« Alors, où est-ce qu'on va, ma puce ? demanda-t-elle en démarrant.

— J'habite au rond-point du Pré-au-Faune, c'est…

— Je connais », l'interrompit la conductrice.

Kerry fut surprise. Cette partie de l'agglomération, très récente, ne faisait même pas partie de la ville de Brockport. Tous les noms de rue avaient des consonances champêtres un peu ridicules, comme allée des Cerfs ou rue des Alouettes. La jeune fille attendait Regina au tournant : elle était certaine que celle-ci allait confondre l'allée du Pré-au-Faune avec le rond-point du même nom. Mais il n'en fut rien.

« Vous habitez dans le coin ? » s'enquit-elle finalement, le cœur plein d'espoir. Si c'était le cas, Ethan risquait de repasser dans les environs, et ils se reverraient peut-être.

Mais Regina lui lança un regard signifiant sans équivoque que seule une petite dinde de son espèce pouvait supposer une chose pareille : une femme en Ferrari vivant dans cette banlieue !

« Quelle maison ? demanda-t-elle après quelques minutes de conduite silencieuse.

— La bleue à deux étages, avec le panier de basket sur la porte du garage. »

Dans cette pénombre, elle avait toutes les chances de se garer devant la porte de leurs voisins, les Armendariz, qui possédaient une maison verte.

Mais, fait incroyable – à croire que cette femme devait connaître le quartier comme sa poche ! – Regina s'arrêta pile en face de chez elle.

« Merci ! » lança Kerry en s'extrayant rapidement de la voiture.

Heureusement, elle avait une bonne raison de se presser ainsi : il fallait vite montrer à Ethan l'emplacement exact de la voiture sur l'allée, afin que, demain matin, son père la retrouve là où il l'avait garée.

Ethan coupa le moteur et examina attentivement la façade de la maison, ce que Kerry aurait dû penser à faire elle aussi. La lumière du porche était allumée, mais elle se souvenait de l'avoir laissée ainsi, afin de ne pas rentrer dans le noir. Le rez-de-chaussée était plongé dans la pénombre. Au premier, les rideaux de la chambre de Ian étaient tirés et la lampe de chevet-éléphant du petit garçon brillait, mais il n'y avait pas trace de l'enfant. Les fenêtres de la chambre de son père étaient sans lumière. La meilleure preuve qu'il ne se doutait de rien, c'est qu'il n'était pas descendu en hurlant, exigeant des explications. Aussi dit-elle, sans le moindre doute à Ethan :

« Tout va bien.

— Tu es sûre ? Tu ne veux pas entrer et faire clignoter les lumières pour montrer que tu n'as pas besoin de moi ? »

Malgré la pertinence de sa proposition, elle secoua la tête. Il lui tendit les clefs en ajoutant :

« Je suis..., commença-t-il, hésitant sur le choix du bon adjectif..., certain que ton nom n'apparaîtra pas dans les rapports de police. »

Kerry haussa les épaules : elle était contente qu'il se préoccupe de cela mais elle aurait autant aimé savoir si elle avait une chance de le revoir bientôt.

Puis il prit les mains de la jeune fille, se pencha en avant et déposa un baiser sur sa joue. C'était la deuxième fois qu'il l'embrassait ce soir.

« Tu m'as vraiment sauvé la vie », ajouta-t-il.

Malgré son sourire et le ton léger de sa voix, son regard était le plus sérieux du monde.

Dans la rue, Regina donna un coup de Klaxon, bref mais suffisant pour tirer du lit tout le quartier à deux heures et demie du matin. Kerry soupira d'un air irrité.

Le jeune homme s'attarda un instant, comme pour prouver son indépendance, puis lâcha ses mains, et la remercia de nouveau par un sourire, Puis il descendit l'allée vers la voiture.

Kerry rentra précipitamment et éteignit la lumière au-dessus du porche au cas où Mme Armendariz se réveillerait. Elle risquerait de demander à son père, demain matin, lorsqu'il viendrait déposer Ian pour la journée :

« Il y avait un peu d'agitation devant chez

vous la nuit dernière, et la lumière était allumée. Vous laissez vos enfants livrés à eux-mêmes ? »

Leur voisine était persuadée que tous les hommes seuls laissaient leurs enfants « livrés à eux-mêmes ».

Kerry monta l'escalier le plus rapidement et le plus silencieusement possible. La porte de la chambre de son père était fermée ; Ian était étendu sur son lit, endormi malgré la veilleuse allumée. Elle le borda, puis sortit Footy de la poche de son blouson et le cala sous le bras de son petit frère.

Comme elle tirait les rideaux, elle vit que la voiture de Regina avait disparu.

« Au revoir, Ethan, chuchota-t-elle. Heureuse de t'avoir connu. Même au cours d'une soirée aussi dangereuse… »

Ne laissant que la petite veilleuse allumée, elle se dirigea vers son propre lit.

À moins que la police ne vienne tambouriner à sa porte dans une heure, elle était certaine qu'elle ne reverrait plus jamais Ethan Bryne de sa vie.

5

ETHAN RÉAPPARAÎT

Lorsque la sonnerie de son réveil se déclencha quatre heures plus tard, Kerry eut l'impression d'avoir dormi un quart d'heure.

Dans la cuisine, son père remplissait son bol de céréales que Kerry, qui détestait la vue de ces pétales de maïs surnageant dans le lait, appelait des « Corn Flasques ». Elle écuma le placard, à la recherche de quelque chose de très sucré qui ait si possible la forme d'un marshmallow.

« Bonjour ! » lui lança son père, en déposant un baiser sur sa nuque.

Kerry, tout occupée à verser son lait dans la casserole, répondit par un vague grognement.

Elle n'était pas du matin, aussi son père ne releva pas son attitude bougonne. Le journal, déposé sur la table, signifiait qu'il était déjà sorti, et que Mme Armendariz n'avait pas traversé la rue pour se plaindre ; par ailleurs, il n'avait apparemment rien remarqué de particulier quant à la voiture ou à son emplacement. Kerry, qui ne lisait habituellement que les bandes dessinées, jeta un coup d'œil discret sur les gros titres.

Aucune histoire de chasseurs de vampires capturés, ou de jeune fille recherchée par la police.

Elle ne se sentit qu'à moitié rassurée. Les journaux du matin n'avaient pas eu le temps d'imprimer la nouvelle.

Si papa part de la maison assez tôt, je peux regarder les nouvelles télévisées avant d'aller au lycée.

Lorsque, de la fenêtre de la chambre de son petit frère, elle vit son père déposer Ian chez Mme Armendariz, puis disparaître au coin de la rue au volant de sa voiture, elle finit par se demander si toute cette histoire n'était pas bel et bien terminée.

À mon avis, je n'ai pas fini d'en entendre parler, conclut-elle lugubrement.

Toute la journée, elle attendit qu'on l'appelle au haut-parleur : « *Kerry Nowicki, vous êtes convoquée dans le bureau du principal, le FBI est venu vous arrêter.* »

En fait, cela aurait presque été un soulagement pour elle, surtout pendant le contrôle de littérature qu'elle ne parvint pas à terminer.

« Quel est donc le nom du narrateur ? » demanda-t-elle en catimini à son amie Nelle tandis que sonnait la cloche de début de cours.

Personne ne vint lui passer les menottes pendant le cours, ni même au supermarché où elle se rendit pour travailler après le lycée.

« Mon père a appelé ? interrogea-t-elle Elaine, à l'accueil.

— Non, fit celle-ci en regardant sa liste de messages. Il était censé le faire ?

— Pas vraiment. »

Avant que la standardiste ne lui pose trop de questions, Kerry se dirigea vers son casier. Sur un banc du vestiaire, quelqu'un avait laissé la première page de l'édition du soir du journal ; généralement, on n'y trouvait que les informations internationales, à moins que quelque chose d'important ne soit arrivé localement... comme une tentative d'enlèvement et d'assassinat sur Main Street[1], surtout si les ravisseurs se prétendaient chasseurs de vampires.

Rien.

---

1. La rue principale, en anglais.

Peut-être la police était-elle en train de mener l'enquête, et refusait-elle de divulguer les informations. Une pensée horrible s'insinua dans son esprit, comme si des doigts glacés lui caressaient la nuque : et si jamais le patron de la laverie, Sidowski, Roth et Marcia étaient en fuite ? Si la police n'avait pas réussi à les pincer ? Et puis, il y avait plus grave : lorsqu'il avait appelé Marcia, M. Lav'o Matic avait mentionné un professeur. Peut-être ce dernier était-il toujours en liberté ?

Quelle sera la première personne à qui ces fous s'en prendront ? À moi.

Elle tenta de se rassurer, en se disant qu'au cas où les ravisseurs avaient pris le large, Ethan avait sûrement demandé la protection de Kerry.

Ouais, sûrement.

Elle passa les cinq heures suivantes l'esprit ailleurs, incapable de se rappeler les noms des clients réguliers, tapant « chou » au lieu de « laitue » sur sa caisse enregistreuse, allant même jusqu'à surcharger le sac du vieux M. Nate, qui alla sur ses jambes tremblotantes se plaindre au directeur.

Finalement, lorsque vint la relève, le caissier en chef lui dit en lui tapotant le dos :

« Repose-toi bien avant demain, d'accord ? »

Assise près de l'entrée, elle songea qu'elle venait de vivre la journée la plus horrible de sa vie, pire encore que la nuit dernière. Au bout de quelques minutes, elle mit son sac à dos sur son épaule et sortit du magasin. Peut-être son père l'attendait-il sur le parking.

À huit heures vingt, s'apercevant qu'elle aurait pu tout aussi bien rentrer à pied à la maison, elle retourna à l'accueil pour demander à Elaine d'appeler chez elle.

« Ça ne répond pas, dit cette dernière après quelques instants. Ton père doit être en chemin. »

Elle vit ceux qui partaient à huit heures trente fermer leur caisse et vider leur vestiaire, sans que celui-ci fasse son apparition.

Kerry retourna vers l'accueil, mais Elaine était partie et Craig, son remplaçant, refusa de passer un appel personnel. Elle dut appeler Mme Armendariz du téléphone à pièces situé – quelle idée – près d'un bruyant collecteur de canettes en fer-blanc. Tout ce qu'elle put tirer de sa voisine fut que son père avait pris une demi-journée de congé pour amener Ian chez le pédiatre faire un bilan à l'occasion de ses quatre ans, et qu'il était venu prendre son fils vers midi. Depuis, aucune nouvelle. Et la voiture n'était pas dans l'allée.

« Merci », dit Kerry avant de raccrocher.

Quelque chose ne tournait pas rond, elle en était sûre. Depuis le départ de sa mère, son père – qui avait ignoré jusque-là ce qu'était la ponctualité – s'était fait un point d'honneur d'arriver toujours à l'heure. Il ne l'avait jamais fait attendre plus de cinq minutes. Avec trois quarts d'heure de retard, il battait tous ses records.

C'est sûrement la voiture. Mon Dieu, faites que ce soit la voiture, et pas…

Comme elle tournait le dos au téléphone, elle percuta… Ethan Bryne un sac à provisions à la main.

Il lui attrapa le bras de sa main libre pour l'empêcher de tomber, et sembla, seulement à cet instant, la reconnaître.

« Hé ! Kerry ! » s'écria-t-il.

Puis, remarquant son air soucieux :

« Qu'est-ce qui t'arrive ? »

Elle faillit lui demander ce qu'il faisait là, quand elle se souvint qu'il n'habitait pas loin…

« Mon père devait passer me prendre à huit heures, et… »

Elle se sentait terriblement coupable, parce que en dépit de son inquiétude pour Ian et son père, elle ne pouvait s'empêcher de penser à l'uniforme ridicule de caissière qu'elle portait – chemise blanche et pantalon noir – et à ses yeux pleins de larme.

Pas la peine de pleurer, je crois qu'il a compris que je m'en fais pour ma famille.

« Voyons, Kerry, je suis sûr que ce n'est rien, la rassura doucement le jeune homme.

— J'ai peur qu'il soit arrivé quelque chose, soupira Kerry. Tu es passé voir la police hier soir ?

— Oui, bien sûr…, fit-il. Ça n'a probablement rien à voir avec… »

L'un des nouveaux manutentionnaires, que Kerry connaissait à peine, passa devant eux en poussant des Caddie. Lorsqu'il entendit parler de police, il s'arrêta et demanda :

« Tout va bien, Kerry ?

— Est-ce que tu veux que je te ramène chez toi ? » proposa au même instant Ethan.

La jeune fille remarqua le regard inquiet du jeune employé, et voulut éviter qu'il colporte des ragots. Elle hocha vivement la tête en direction d'Ethan, puis s'adressa à son collègue (comment s'appelait-il déjà ? Will ou Bill ?) :

« Si mon père débarque, peux-tu lui dire qu'Ethan m'a raccompagnée ? »

Bien sûr, ce nom ne dirait rien à M. Nowicki, mais le jeune manutentionnaire parut rassuré en voyant qu'elle ne montait pas dans la voiture d'un parfait inconnu.

« Pas de problème ! » fit le jeune garçon en emboîtant violemment deux rangées de Caddie.

Comme ils se dirigeaient, bras dessus bras dessous, vers le parking, la jeune fille s'exclama soudain :

« Mais j'y pense ! Tu n'as pas de voiture ! On ne va pas monter à deux sur ton vélo, quand même ?

— Non, s'esclaffa-t-il, il est totalement hors

d'usage ! J'ai décidé d'emprunter la guimbarde de mon oncle. »

Après le luxe qu'elle avait découvert la veille dans la maison du jeune homme, Kerry fut surprise de découvrir une voiture de la même marque que celle de son père, en beaucoup plus neuf tout de même.

Après tout, il y avait trois boxes dans le garage ; si ça se trouve, les deux autres contiennent une Porsche et une Rolls.

Après avoir ouvert la portière, Ethan jeta sur le siège arrière le sac de Kerry et ses propres courses. En apercevant le sac de chips et la bouteille de Coca-Cola, elle se demanda ce qu'en auraient conclu les chasseurs de vampire d'hier soir.

« Ta jambe parraît aller beaucoup mieux, remarqua-t-elle.

— Ça n'était pas si terrible que ça en avait l'air », fit-il après être sorti du parking.

Pas si terrible que ça ? Elle avait du mal à le croire...

En tout cas, il avait meilleure mine, et utilisait sa main droite avec aisance. Elle ne pouvait deviner s'il portait encore ou non des bandages sous son gros blouson de cuir. Quoi qu'il en soit, il avait eu de la chance de ne pas avoir dû passer la nuit à l'hôpital.

Voyant qu'il ne semblait guère pressé de lui

raconter comment s'était terminée la soirée, elle demanda :

« Comment a réagi la police, finalement ?

— Ils ont eu l'air de croire à mon histoire, fit-il en haussant les épaules.

— Et les ravisseurs ? Ils t'ont traité de menteur ?

— Non.

— Ils ont tous été arrêtés ? »

Comme il se tournait vers elle, elle remarqua que ses yeux semblaient passer du bleu au noir lorsque la voiture traversait une zone non éclairée.

« Oui, finit-il par répondre. Où veux-tu en venir au juste, avec toutes ces questions ?

— Eh bien... j'avais peur que tout cela ait un rapport avec le retard de mon père.

— Ça m'étonnerait, dit-il après un regard plus appuyé. Ils sont tous derrière les barreaux : Daniel et Marcia Jordan, George Roth et Phil Sidowski. »

Curieusement, en l'entendant réciter leurs noms en entier, elle se sentit plus angoissée que rassurée.

« Ils ne te feront plus de mal, déclara-t-il.

— Ils vont aller en prison ? »

Il lui lança un regard inexpressif.

« Ou à l'asile psychiatrique ?

— Kerry, c'est au juge de décider de tout cela.

— Mais tu vas devoir témoigner ?

— C'est fort probable, rétorqua-t-il d'une voix

contrariée. J'ai fait une déposition complète à la police hier soir. »

Peut-être cela expliquait-il sa mauvaise humeur : il avait dû les identifier, confronter son témoignage au leur, et cela lui laissait de mauvais souvenirs.

Ou peut-être, plus simplement, était-il épuisé. Elle se sentait elle-même éreintée, alors qu'elle avait dormi quelques heures de plus que lui.

« Quant à ton père, sa voiture n'est pas... disons, de toute première jeunesse. »

Par politesse, il n'en dit pas plus. Il était vrai que, comparé au véhicule bien entretenu et récent que conduisait Ethan, le tacot de son père, avec ses vibrations et ses bruits de piston, donnait l'impression d'avoir deux cents ans.

« Je suis certain qu'à l'heure qu'il est, il attend une dépanneuse au bord de la nationale, conclut-il avec un sourire rassurant.

— C'est possible, murmura Kerry. Ma mère a déjà eu des problèmes mécaniques... »

La nuit dernière, il s'était souvenu que Mme Nowicki ne vivait plus avec elle ; elle espérait secrètement qu'il relancerait la conversation sur ce sujet, mais il n'en fit rien.

En une nuit, le garçon sympathique et sensible, qu'elle avait pris pour un étudiant de première année, s'était métamorphosé en un jeune homme distant et sûr de lui.

Peut-être s'est-il disputé avec sa chère Regina ? se demanda-t-elle.

Vers neuf heures, ils débouchèrent sur le rond-point du Pré-au-Faune. La plupart des villas étaient vivement illuminées, et portaient même des décorations de Noël, un peu prématurées pour une première semaine de décembre sans neige. Au milieu de toutes ces lumières, la maison des Nowicki, plongée dans la pénombre, avait un aspect lugubre.

« Merci pour la balade, dit Kerry en saisissant son sac à dos.

— Tout le plaisir était pour moi », répondit Ethan d'une voix neutre.

Comme elle remontait l'allée de sa maison, éclairée par les phares de la voiture, elle constata avec amertume que toute sa tendresse de la veille au soir semblait s'être évanouie.

Au moment où elle posait la main sur le bouton de la porte, celle-ci s'ouvrit toute seule en grand. Elle trouva étrange que son père ait oublié de fermer à clef ; sans doute rendait-il visite à quelque voisin...

Mais alors, pourquoi la voiture n'était-elle pas dans l'allée ?

Kerry tendit vivement la main vers l'interrupteur du salon.

Tout était sens dessus dessous.

La pièce n'était pas seulement en désordre :

elle était littéralement saccagée, les tableaux de travers, les meubles renversés et les coussins éventrés.

Comme elle se tournait vers la rue pour demander de l'aide, elle vit la voiture d'Ethan s'éloigner du trottoir.

« Attends ! » s'écria-t-elle.

Se débarrassant de son sac à dos, elle traversa la pelouse en courant, hurlant son nom à pleins poumons. À cause du froid, ses vitres étaient remontées et il ne l'entendait pas. Une fois sur la route, elle continua sa course, agitant les bras désespérément. Il était maintenant arrêté au carrefour, à cinq maisons d'elle, hors de portée de voix ; elle distinguait encore les deux feux arrière ; dans un instant il allait redémarrer et disparaître.

À qui devait-elle s'adresser ? Aux Armendariz ? Plutôt aux Higgins, ils étaient plus gentils.

Au bout de la rue, les feux de stop d'Ethan étaient toujours allumés. Sans doute l'avait-il aperçue dans son rétroviseur, car elle le vit revenir en marche arrière. Elle préféra aller à sa rencontre plutôt que de rester devant la maison.

Une fois à sa hauteur, il baissa la vitre.

« Des cambrioleurs, haleta Kerry. Ils ont tout cassé…

— Monte », lui ordonna-t-il.

Une fois revenu à la hauteur du porche, il

observa un instant la maison. Rien ne semblait bouger à l'intérieur.

« Reste ici », fit-il en sortant, laissant tourner le moteur.

Elle le vit avec appréhension monter l'allée, puis hésiter un instant sous le porche.

« N'entre pas... », murmura-t-elle en le voyant passer le seuil.

Qu'allait-elle faire ? Rester seule, comme il le lui avait recommandé ? Pas question !

Lorsqu'elle parvint dans la maison, elle trouva Ethan planté au milieu du salon. Elle s'était résolue à ne pas faire de bruit, de peur que les malfaiteurs ne soient toujours dans la demeure. Pourtant, elle ne put réprimer un cri en voyant l'inscription rouge sur le mur.

Il avait dû l'entendre arriver, car l'exclamation ne le fit nullement sursauter.

« Ce n'est que de la peinture rouge, commenta-t-il.

— Tu es sûr ?

— Sens ! »

L'odeur d'essence la rassura un peu. Au moins, ce n'était pas *leur* sang...

Mais que signifiait le message ?

VAMPIRE, NOUS TENONS TA FAMILLE !

6

ENLÈVEMENT

« Vampire ? s'exclama Kerry. On me prend pour un vampire ? »

Au-dessous du message, une inscription mystérieuse avait été ajoutée : « *Lév., XVII, 10.* »

« Tu m'avais pourtant assuré qu'ils étaient en prison, dit-elle à Ethan, qui semblait incapable de détacher son regard du mur. Que la police les avait tous arrêtés ! »

Dans le calme de sa réponse, elle perçut plus de surprise que d'inquiétude pour sa famille.

« Ils devaient être plus de quatre. »

Bien sûr que oui ! Il y a ce type que Marcia devait appeler, ce professeur ! Et tu étais dans la pièce lorsque le propriétaire de la laverie en a parlé !

Kerry avait grand-peine à dominer sa voix, qui grimpa d'un coup de plusieurs octaves :

« Et même après les interrogatoires, hurla-t-elle, la police n'a pas réussi à le savoir ? »

Le jeune homme se tourna finalement vers elle.

« Et tu crois qu'en kidnappant des gens leurs complices vont arranger la situation ? Il faut appeler la police, maintenant ! »

Soudain elle sentit ses deux coudes pris comme dans un étau. Il était en face d'elle et la tenait fermement. Elle ne l'avait pas vu bouger. Instinctivement, elle voulut s'échapper vers la porte.

« Chhhh, du calme, fit-il.

— Ethan, je t'en prie… »

Il la secoua vigoureusement. Lorsqu'il parla, sa voix douce contrastait avec les hurlements qu'elle avait proférés.

« Peut-être sont-ils toujours dans la maison ? Il faut appeler d'un autre téléphone. »

Elle hocha la tête en silence et se laissa entraîner à l'extérieur. Comme elle traversait la pelouse en direction de la maison des Higgins, il la tira vers la voiture.

« S'ils nous observent, expliqua-t-il rapidement, mieux vaut ne pas appeler de chez un voisin. Tu risques de le mettre en danger, ainsi que ta propre famille.

— Mais… et si mon frère et mon père étaient enfermés chez moi ?

— Non, répondit Ethan d'un ton sans réplique, tout en démarrant si brusquement qu'il fit crisser les pneus. La première chose qu'ils ont dû faire, c'est de les emmener ailleurs. »

Mais pourquoi ? s'apprêtait à demander Kerry. *Comment peux-tu en être aussi sûr ?*

Avant même qu'elle ait pu ouvrir la bouche, elle vit Ethan tourner à droite, dans la direction opposée à la maison de son oncle.

« Tu ne crois pas qu'il vaut mieux donner un coup de fil, plutôt que de passer au commissariat ? demanda-t-elle.

— Ils pensent que tu es un vampire parce que tu m'as aidé la nuit dernière ; les deux affaires sont liées. Ils peuvent tout aussi bien surveiller ma maison. Nous appellerons de chez Regina.

— Mais…

— Ça suffit maintenant ! » s'écria-t-il d'une voix excédée.

Tandis qu'il fixait son attention sur la route, l'esprit de Kerry ne cessait de tourner autour de la même pensée :

Mon Dieu, faites qu'ils soient sains et saufs.

La voiture s'arrêta devant une belle maison en

brique, probablement d'un âge vénérable. Le rez-de-chaussée était éclairé, ainsi qu'une fenêtre du premier étage. De plus, la Ferrari rouge trônait au milieu de l'allée.

Kerry, qui venait d'ouvrir la portière, se figea lorsqu'elle vit qu'Ethan restait assis au volant, moteur en marche. Penché en avant, les coudes reposant sur le tableau de bord, il étudiait la façade en silence.

« Que se passe-t-il ?

— Il se passe quelque chose d'anormal. »

Elle voulut se moquer de lui, le traiter de paranoïaque, mais le mot ne franchit pas ses lèvres.

À son tour, elle tendit l'oreille, puis chuchota :

« Qu'est-ce que tu entends ?

— Rien, justement. »

C'est ridicule. Comment veut-il percevoir quoi que ce soit par-dessus le bruit du moteur, et à travers les fenêtres closes de la voiture et de la maison ?

Il coupa soudain le contact et sortit sur le trottoir. Lorsqu'elle l'eut rejoint, une lumière s'alluma sous le porche.

« Tu vois qu'elle est là ! s'exclama Kerry.

— Ça s'allume automatiquement », expliqua-t-il.

Au bout d'une dizaine de secondes interminables, la jeune fille demanda :

« Mais qu'est-ce que tu écoutes ? »

En guise de réponse, il la regarda longuement, puis se dirigea vers l'entrée. Elle ne fut pas surprise de voir qu'il avait une clef de la maison.

C'est plus pratique comme ça.

« *Merde*[1] ! » s'exclama-t-il en ouvrant la porte.

Elle avait peu étudié le français dans sa vie, mais comme tout le monde elle connaissait quelques gros mots. Ce qui l'étonnait le plus n'était pas tant qu'il ait choisi de jurer dans cette langue c'était qu'il se rende compte que quelque chose n'allait pas sans prendre la peine d'appeler son amie.

Il grimpa l'escalier quatre à quatre ; elle le suivit aussi vite qu'elle put, restant à deux pas derrière lui. Le premier étage respirait la propreté, l'ordre et le luxe, avec ses superbes antiquités et ses murs lambrissés bien cirés. On ne retrouvait en rien l'impression de chaos qui régnait dans le salon des Nowicki, et pourtant Kerry ne se serait pour rien au monde séparée à ce moment d'Ethan. Surtout s'il sentait que quelque chose n'allait pas.

Celui-ci ne jeta même pas un coup d'œil dans la pièce éclairée, et se dirigea tout droit vers une chambre sombre au fond du couloir. S'attendant

1. En français dans le texte.

à tout instant à ce qu'une créature jaillisse d'un recoin obscur, Kerry progressait plus lentement.

Elle passa devant la chambre d'amis, un bureau avec un ordinateur et un fax, et une salle de bains deux fois grande comme la sienne. Il n'y avait personne, et pourtant elle aussi était certaine que quelque chose d'horrible venait de se produire.

Ethan, fit quelques pas à l'intérieur de la grande chambre et s'immobilisa, comme il l'avait fait en face de l'inscription. Il ne chercha pas à allumer la lumière, bien qu'il sache sûrement – il devait venir fréquemment chez Regina – où se trouvait l'interrupteur.

Alors pourquoi restait-il dans le noir ?

Le temps qu'elle se pose la question, ses yeux s'étaient accoutumés à l'obscurité. C'est alors qu'elle s'imagina avoir vu quelque chose et que son dernier souhait fut que quelqu'un allumât la lumière.

Elle crut tout d'abord que les couvertures formaient des bosses sur le lit défait. Puis elle reconnut une forme. Humaine ou animale ?

Peut-être deux chiens, décida-t-elle. *Un grand allongé et un petit aux longs poils près de l'oreiller.*

Mais Regina n'était pas le genre de femme à posséder d'animal domestique, et encore moins à les laisser dormir sur son lit. D'ailleurs, ils ne bougeaient pas.

Non, ça ne peut pas être ça, dites-moi que non...

Mais elle avait beau combattre de toutes ses forces cette idée, celle-ci finit par s'imposer : il s'agissait bien de Regina dans le lit. Et sa tête était beaucoup trop éloignée de son corps.

« Ethan ? » murmura-t-elle, glacée d'effroi.

Elle voulut détourner les yeux avant que ceux-ci ne s'habituent trop à l'obscurité et qu'apparaissent tous les détails, mais elle ne pouvait pas détacher son regard de la forme allongée.

Le jeune homme lâcha un chapelet de jurons en français.

La lumière automatique s'éteignit dans la salle de bains.

Pas ici, qu'elle ne s'allume pas ici.

... et illumina le bureau en face.

Cet éclairage indirect permit de confirmer ses craintes.

« Qui a pu faire une chose pareille ? finit-elle par articuler.

— Les chasseurs de vampires », répondit Ethan.

Pauvre garçon, il est en état de choc, il ne sait même pas ce qu'il dit.

« Parfois ils procèdent de cette façon : ils exposent le corps au soleil, puis coupent la tête et remplissent la bouche de têtes d'ail. Je n'ai jamais compris l'effet que l'ail était censé produire... »

Se rappelant soudain le calme horrible qui régnait dans sa propre maison tout à l'heure, elle écarquilla les yeux d'horreur.

Mon Dieu, papa et Ian ! Je n'ai pas regardé dans leur chambre !

Elle se rappelait les paroles de Roth : « *Tu crois qu'ils les recrutent tout petits...* »

C'était sa faute. Elle aurait dû appeler tout de suite la police. Se précipitant dans le bureau, elle saisit un téléphone et commença à composer un numéro...

Ethan coupa la communication.

« Tu sais très bien que la maison est vide, protesta-t-elle, alors laisse-moi appeler !

— Attends un peu..., fit-il, tandis qu'elle l'empêchait de lui prendre l'appareil.

— Quoi, cette fois ? »

De nouveau, il se contenta de la fixer de ses beaux yeux bleus sans répondre. Il prononça son nom, très doucement.

Et soudain les pièces du puzzle s'assemblèrent dans la tête de la jeune fille. Elle le vit monter l'escalier sans boiter le moins du monde ; elle vit sa tempe droite, intacte, sans le moindre hématome...

Comme il tendait de nouveau la main vers le combiné, elle rabattit la manche de son blouson, révélant un poignet intact, sans cicatrice. Elle se rappela les entailles occasionnées par la lame de rasoir, si profondes qu'elles nécessitaient sans doute des points de suture.

Mais elle ne fut pas surprise.

« Alors ils avaient raison. C'est vrai, tu es un vampire. »

Comme pour éliminer les derniers doutes qui auraient pu subsister dans son esprit, il saisit le fil du téléphone et arracha la prise.

7

MENTEUR !

Avant même que Kerry ait pris conscience du moindre mouvement de sa part, Ethan avait jeté le téléphone par terre et agrippé son poignet. Les doigts du jeune homme étaient glacés.

Elle essaya de se dégager, mais il la tenait fermement. Il saisit son autre poignet et s'approcha d'elle.

« Je ne te ferai pas mal », lui promit-il.

Elle tenta de lui décocher un coup de pied, mais il était trop rapide pour elle et la plaqua contre le mur.

« Non… », chuchota-t-elle, au bord des larmes.

Il fit un petit pas en arrière, comme pour lui montrer qu'il ne désirait pas la brutaliser. Immédiatement, une vague de reconnaissance envahit Kerry, ce qui du même coup la rendit furieuse : elle n'allait tout de même pas fondre de gratitude parce qu'il la tuerait avec élégance !

« Je suis désolé », dit-il.

Bien qu'il parût sincère, elle essaya de toutes ses forces de le voir tel qu'il était vraiment : un menteur. Depuis leur rencontre, tout n'avait été que mensonges.

« Tu as été impliquée dans cette affaire par hasard, et je tiens à te remercier pour ce que tu as fait hier soir. Crois-moi ou pas, je te jure que je ne pensais pas te revoir. »

Elle sentit ses yeux la picoter. Elle voulait à la fois les garder grands ouverts, pour voir ce qui allait se passer, et cacher ses larmes.

« Je ferai tout ce qui est en mon pouvoir pour sauver la vie de ton frère et de ton père », assura-t-il.

Il dit cela pour que je ne m'affole pas.

Il enserra les deux poignets de Kerry avec sa seule main gauche, et utilisa la droite pour écarter les cheveux du visage de la jeune fille. Celle-ci eut un mouvement de recul.

« Je ne vais pas te faire mal, répéta-t-il.

— Tu veux dire que tu ne veux pas me mordre, ou que, quand tu le feras, ce sera indolore ? »

demanda-t-elle en le regardant droit dans les yeux.

Son silence fut éloquent.

Elle ne lut pourtant aucune méchanceté dans ses yeux bleus. Peut-être était-il vraiment aussi désolé qu'il le prétendait ; mais il avait beau être gentil, elle surprit tout de même son regard s'attardant un instant sur sa gorge, et sentit sa main froide presser sa nuque. En un instant, sa tête fut plaquée contre la poitrine du vampire.

« Non, attends s'il te plaît… »

Mais plus elle se débattait, plus l'emprise d'Ethan se renforçait. Paniquée, elle tenta de se dégager et le supplia de nouveau. Sans doute cela ne faisait-il que l'agacer davantage. Le mort-vivant qu'il était n'aurait sûrement pas pu survivre s'il avait eu un cœur d'or…

Elle cessa toute résistance, pour lui montrer qu'elle ne cherchait pas seulement à gagner du temps, et répéta d'une voix haletante :

« Écoute-moi une minute. »

Il ne l'avait pas encore mordue. Essayant de se concentrer sur autre chose que leurs positions respectives, elle sentit son souffle léger sur sa gorge, et perçut des battements de cœur : un coup toutes les dix secondes environ. Malgré sa peau glacée, il vivait.

« Je peux t'être utile », lui dit-elle.

Il scruta son visage, comme s'il examinait sérieusement sa proposition.

« Kerry, c'est inutile, soupira-t-il enfin, d'un ton navré.

— Tu veux retrouver l'homme qui a tué Regina ? » fit-elle d'une voix stridente, comme il se penchait de nouveau vers son cou.

Il hésita, la dévisagea à travers deux mèches de cheveux noirs.

« Tu veux le retrouver, avant qu'il ne s'attaque à d'autres vampires, n'est-ce pas ? » répéta-t-elle.

Elle savait qu'elle prenait un risque ; Regina était peut-être une mortelle, que le tueur de vampires avait prise pour une morte-vivante. Peut-être Ethan se moquait-il bien de la venger Mais c'était sa dernière chance.

Quoi qu'il en soit, le jeune homme avait relevé la tête, et l'écoutait attentivement.

« Ils croient que je suis l'une des vôtres, poursuivit-elle. Ils pensent m'attirer en utilisant ma famille. Peut-être peux-tu les attirer en m'utilisant, moi... »

Silencieux, il semblait peser le pour et le contre.

« Je n'ai rien à perdre, déclara-t-elle, tout en se rappelant que lui-même avait dit la même chose la nuit dernière, lorsqu'il avait pris Marcia en otage. En t'aidant, j'ai une chance de m'en sortir, et ma famille aussi. Je peux me rendre dans certains endroits qui te sont interdits, ou en tout cas à certains moments où tu ne dois pas sortir… C'est comme si tu agissais pendant la journée. »

Pendant tout ce discours, le visage du vampire était resté de marbre. Alors qu'elle se demandait comment elle devait se préparer à la mort qui l'attendait, il fit un pas en arrière et lâcha ses poignets. Puis, un léger sourire aux lèvres, il esquissa une petite révérence.

Pour le moment, il paraissait convaincu.

Malgré une dernière objection logique – *il n'a pas les dents si longues que ça ; comment aurait-il pu me mordre ?* – elle était persuadée que jamais elle n'avait été aussi proche de la mort. Ce fut à grand-peine qu'elle retrouva l'usage de la parole :

« Quelle garantie peux-tu me donner que tu me laisseras vivre, ainsi que ma famille, quand toute cette affaire sera terminée ? »

Ethan écarquilla les yeux, puis s'esclaffa, sincèrement amusé.

« Mais… aucune ! »

Elle se rendit alors compte que son sourire, comme celui de Regina, n'était la plupart du temps qu'un masque. Au bout de plusieurs centaines d'années d'existence, les vampires devaient avoir vécu toutes les expériences possibles et imaginables, et ne s'étonnaient sans doute plus de rien. Elle se demanda de nouveau quel âge avait vraiment Ethan. Sans doute était-il assez vieux pour avoir appris à jouer la comédie, et à juger les gens d'un simple coup d'œil. La veille, il avait probablement compris qu'elle prendrait vite son parti s'il passait pour une pauvre victime affolée. Pour chaque situation, il devait être capable d'entrer dans le personnage adéquat.

Bientôt toute trace d'humour disparut de sa voix. D'un ton qui n'était ni brutal, ni même menaçant, comme s'il se contentait de lire la liste des courses, il ajouta :

« Bien sûr, si je suspecte la moindre possibilité de trahison de ta part, ta famille en paiera le prix. »

D'une voix plus douce encore il précisa :

« Et, crois-moi, Kerry, dans ces cas-là, une mort facile est encore ce qui peut leur arriver de mieux… »

Il attendit que ces mots produisent leur effet, puis tendit la main.

« Viens. »

Il ne chercha pas à la saisir et elle fit un pas en avant afin de montrer qu'elle était prête à le suivre de son plein gré. Comme il ne bougeait pas d'un pouce, elle se retrouva face à lui et finit par attraper ses doigts glacés, non sans un frisson d'horreur. S'il remarqua sa réaction, il ne fit aucun commentaire et se contenta de la mener jusqu'au bureau.

Après s'être assis en face de l'ordinateur, il alluma l'écran. Aussitôt, la machine émit un son aigu, qu'elle identifia comme le signal d'un modem.

Ainsi Regina était reliée à Internet. Les vampires sont entrés dans le XXIe *siècle.*

De sa main libre, il tapa rapidement : *Je dois partir sans laisser d'adresse. Regina ne peut pas venir. Je reprends contact dès que possible. Michel.*

« Michel ? C'est ton vrai nom ? » interrogea Kerry.

Comme il se tournait vers elle, elle se demanda quel prénom lui convenait vraiment, et ce qu'il pensait réellement. En tout cas elle comprenait mieux maintenant pourquoi il avait utilisé des mots français…

Mais le visage impassible qui lui apparut à la lumière vacillante de l'écran était insondable.

« Tu avertis les autres vampires ? C'est comme un tableau d'affichage électronique ? Chaque membre de la confrérie prévient les autres si quelqu'un est sur leur trace ?

— Oui, plus ou moins.

— Je croyais que l'un des avantages d'être un vampire, c'est de n'avoir peur de rien. »

Sans prendre la peine de répondre, le jeune homme se leva et prit la direction de l'escalier. Ils avançaient dans le noir complet.

Sans doute les lieux lui étaient-ils familiers, pensa-t-elle, mais il y avait une autre raison : de toute évidence, Ethan voyait beaucoup mieux qu'elle dans l'obscurité. Comme pour démontrer cette théorie, elle se cogna à une table qu'il venait de contourner.

Tandis qu'il marquait une pause pour la laisser masser sa hanche endolorie, elle s'enquit :

« Il y a d'autres vampires à Brockton que tu dois avertir ?

— Bien sûr ! répondit-il, avec tant de sarcasme dans la voix qu'elle crut voir son sourire ironique. Il y a un congrès mondial de vampires tous les ans. »

C'est bon à savoir pour plus tard, songea-t-elle.

Apparemment, elle avait rencontré les deux seuls morts-vivants de la ville. À moins que ce ne soit précisément ce qu'il cherchait à lui faire croire.

« Si c'est un endroit aussi peu intéressant, qu'est-ce que vous faisiez ici, tous les deux ? » demanda-t-elle.

Agacée par son mutisme, elle ajouta :

« Et à Rochester ou Buffalo ? Il y en a ? »

Il l'attira brusquement contre lui.

« Un conseil, Kerry, dit-il toujours aussi calmement. Ne commence pas à m'énerver.

— Je suis désolée, répondit-elle. Mais plus j'en saurai, plus cela améliorera nos chances de survie.

— Moins tu en sauras sur les autres vampires, la corrigea-t-il, mieux cela vaudra pour toi.

— D'accord », dit-elle d'un ton conciliant.

Elle l'entendit ouvrir une porte, puis sentit qu'il descendait une marche.

« Écoute, déclara-t-elle du ton le plus détaché possible, si tu te sens assez de force pour m'empêcher de dégringoler jusqu'en bas des marches, vas-y. Mais tu ne crois pas que ce serait plus simple d'allumer ? »

Il fit un pas en arrière, tendit le bras vers un interrupteur, et un escalier en bois apparu dans la lumière.

« C'est mieux comme ça ?

— Oui, merci », répondit-elle sans conviction.

Pourquoi est-ce qu'il m'emmène à la cave ? Pour m'enterrer ?

« Parfois, j'ai tendance à oublier... », commenta-t-il.

Sans doute voulait-il parler des limites physiques des humains. Kerry commençait à se réjouir de l'entendre pratiquement s'excuser, lorsqu'il ajouta :

« Mais ne joue pas les petites futées, avec moi. »

Il la prit par le bras avant de dévaler les marches. Une fois en bas, elle regretta d'avoir envisagé qu'il puisse l'ensevelir. Le sol de terre battue s'y prêtait justement très bien. Peut-être les dernières victimes de la femme-vampire y reposaient-elles déjà, et Ethan voulait-il inhumer sa compagne à leurs côtés…

La petite pièce abritait un véritable bric-à-brac, comme si la maîtresse de maison avait acheté deux fois trop de meubles, puis les avait entreposés ici. Ethan se dirigea vers une vieille Mobylette, recouverte d'une épaisse couche de poussière, puis ramassa juste devant l'engin un jerricane d'essence qu'il secoua. D'après le bruit qu'il rendait, le bidon était pratiquement plein.

« Tu ne vas quand même pas… », balbutia-t-elle.

Sans même lui prêter attention, il se mit à arroser un fauteuil tendu de soie verte.

« Tu es fou ! » s'écria-t-elle, sans avoir le courage de retenir son bras.

Même si elle n'avait pas la force de l'arrêter, elle s'en voulait de ne pas chercher à le retenir. Il y avait bien vingt litres d'essence dans ce bidon.

« Et les voisins, si le feu s'étend ?

— Il y a peu de risques, avec des murs en brique. De plus, il faut absolument se débarrasser de tout cela. Elle a certainement laissé des papiers, ou des vieilles photos d'elle. Si quelqu'un met le nez là-dedans, cela pourrait lui donner des idées… »

C'était ainsi qu'ils survivaient, pensa Kerry. Si

les gens ne croyaient plus aux vampires, ils ne chercheraient pas à les exterminer. Elle comprenait dès lors le désir qu'avait Ethan d'effacer toutes les preuves.

Il l'entraîna jusqu'à l'étage, versant au passage de l'essence sur l'escalier de la cave, dans la cuisine, dans le salon et sur les marches. Comme il approchait de la chambre à coucher, la lumière s'alluma automatiquement dans une pièce voisine. Kerry, affolée à l'idée de voir le corps de Regina, commença à ralentir, mais Ethan la tirait derrière lui sans plus d'effort qu'une petite fille traînant sa poupée.

Lorsqu'ils furent dans la pièce, il posa le jerricane sur le sol et la plaqua contre une armoire située en face du lit, faisant une cage de ses deux bras.

« Les petites filles qui fréquentent les vampires doivent s'habituer à voir des "choses" mortes, la prévint-il d'une voix rauque.

— Je suis vraiment triste que Regina ait… rendu l'âme, répondit-elle, inquiète de sa soudaine sauvagerie.

— Elle n'a plus d'âme… », commença-t-il.

Puis il s'interrompit, de peur sans doute de trop en dire.

« … depuis très longtemps. Et je doute fort qu'aucun mortel la pleure », conclut-il avec un sourire hypocrite.

Il la poussa vers le lit. Le spectacle était moins atroce qu'elle ne l'avait cru. Hormis les cheveux, que Kerry identifia, le corps ressemblait à une momie sortie de ses bandages, desséchée et calcinée. Même la robe de chambre et les draps étaient brûlés. Elle jeta un coup d'œil vers la fenêtre.

« Sans doute ont-elles été ouvertes pendant la journée, dit-il avec émotion, puis refermées pour ne pas attirer l'attention.

— Qu'est-ce que tu veux que je fasse ? interrogea-t-elle d'un ton apaisant.

— Ouvre toutes les fenêtres.

— D'accord. »

Soulagée qu'il ne lui ait pas demandé de toucher ce qui restait du corps sur le lit, elle s'exécuta. Tandis qu'Ethan arrachait les draps et la couverture pour envelopper le corps, elle ouvrit les volets.

« Fais-en autant dans les autres pièces », ordonna-t-il.

Elle envisagea un instant de profiter de cette occasion pour filer, mais si son ouïe était aussi développée que sa vue (et elle avait toutes les raisons de le croire : n'avait-il pas remarqué, à travers les vitres fermées de la voiture, que le silence régnait dans la maison de sa compagne ?) mieux valait ne pas chercher à s'enfuir.

Pouvait-il percevoir les battements de son

cœur ? se demanda-t-elle. Le sang qui coulait dans ses veines ?

Elle avait déjà ouvert cinq fenêtres lorsqu'il l'appela. Du palier, elle vit qu'il avait enroulé les restes de la femme dans les draps, puis dans une courtepointe qui se trouvait au pied du lit. D'après l'odeur d'essence qui régnait dans la chambre, elle comprit qu'il venait d'en imbiber le matelas.

Dès qu'elle entra dans la pièce, il frotta une allumette et la jeta sur le lit. Instantanément une flamme s'éleva dans un grand souffle d'air.

Elle eut envie de s'enfuir tout de suite, mais Ethan lui tendit la boîte.

« Trois autres allumettes, expliqua-t-il. Une dans l'escalier de la cave, une autre dans le salon et la troisième, tu la jettes sur le palier du premier étage juste avant de partir.

— Qui ? Moi ? gémit-elle.

— Tu veux te rendre utile ou pas ? »

Sentant que si elle ne faisait rien pour l'aider, leur alliance risquait de s'achever là, elle prit la boîte en étain sur laquelle était inscrit : « Steve et Beth, 24 mai 1947 ».

Tandis qu'elle courait vers la cave, elle le vit soulever sans effort le corps et le poser sur son épaule. Il était sur ses talons lorsqu'elle prit la direction de la cuisine. Au moment où elle jetait l'allumette enflammée, elle pensa qu'elle aurait dû s'assurer qu'elle ne se trouvait pas au milieu d'une flaque d'essence. Ses mains tremblaient lorsqu'elle alluma la deuxième dans le salon. La fumée lui piquait la gorge et les yeux, et elle pensa soudain :

La troisième, il n'a qu'à venir la jeter lui-même.

Ethan était déjà au volant, moteur en marche, lorsqu'elle claqua la porte de la maison derrière elle.

Elle avait sûrement le temps de se mettre à crier : « Au feu ! » ou bien « Au vampire ! »

Bien sûr. Et ensuite compter les secondes qui lui resteraient à vivre.

Lorsqu'elle monta dans la voiture, elle sentit immédiatement la présence oppressante du corps sur le siège arrière.

Un vampire mort décapité derrière moi, et un mort vivant au volant...

Avant même qu'ils aient atteint le bout de la rue, de gros nuages de fumée noire avaient déjà rempli le ciel.

8

EN FUITE…

Ils roulaient depuis quelques minutes lorsque Kerry se décida enfin à lui demander :

« Où est-ce que nous allons ?

— Aux marais de Bergen.

— Je ne savais pas qu'il y avait un marais à Bergen, remarqua-t-elle. Je pensais qu'il n'y avait que des fermes et des logements pour étudiants.

— Eh bien, il y a aussi une zone marécageuse et boisée. On n'y trouve pas de crocodiles, comme en Floride, mais c'est un endroit très giboyeux. »

De quel gibier parlait-il ? Elle crut un instant que les vampires venaient y chasser leurs victimes, puis elle comprit qu'il s'agissait d'oiseaux sauvages, de cerfs ou de lapins.

« Ah bon ! » fit-elle, incapable de cacher son soulagement.

Comme s'il venait de lire dans ses pensées, il soupira et secoua la tête.

« Mais avant, nous avons quelques courses à faire à Rochester, finit-il par dire.

— De quel genre ?

— Tu le découvriras par toi-même, répondit-il en riant. Je doute que ça te plaise, mais ça n'est pas si terrible que ça en a l'air…

— Et ma famille ? s'écria-t-elle. Est-ce que tu y penses ?

— Bien sûr que j'y pense, fit-il d'un ton narquois. C'est le seul moyen de contrôle que je possède sur toi.

— Eh bien ? dit-elle, guère satisfaite par cette réponse.

— Quoi ?

— Ils courent un grave danger. À moins qu'ils ne soient prisonniers à Rochester, je ne vois pas ce que nous allons y faire… »

Elle s'interrompit soudain. Et si jamais c'était Ethan qui avait organisé l'enlèvement ? Si tout cela faisait partie d'un plan machiavélique ? Mais cela n'avait aucun sens.

Le vampire attendait toujours qu'elle achève sa phrase.

« … je ne vois pas ce que nous allons faire dans cette ville.

— Je n'ai aucune idée de l'endroit où se trouvent ton père et ton frère, répliqua-t-il. Quel est le sens de ta question ?

— Il me semble… que nous sommes en train de perdre notre temps, c'est tout. Je ne sais pas ce que tu comptes faire exactement, mais peut-être cela serait-il plus simple de passer un coup de fil ? »

Après lui avoir lancé un regard étonné, il secoua la tête d'un air mécontent. De toute évidence, il venait de comprendre où elle voulait en venir.

« Je ne cherche pas à entrer en contact avec d'autres vampires, si c'est cela qui te tracasse, dit-il d'une voix sifflante.

— Et si le ravisseur… »

Elle prit une profonde inspiration avant de poursuivre :

« … exécutait ma famille ?

— Ils étaient encore vivants, j'en suis sûr, lorsqu'ils ont quitté la maison. Pourquoi les enlever et les tuer ensuite ? Celui qui est en train de me pourchasser a patiemment préparé son coup, et n'a aucun intérêt à précipiter les choses. Ils sont sûrement en sécurité pour les deux ou trois prochains jours. Le meilleur choix pour nous est de ne pas nous presser, et de faire des bêtises sous prétexte que nous nous inquiétons pour rien. »

Cherchant la faille dans ce raisonnement – mis à part le fait qu'Ethan se fichait comme d'une guigne de ce qui pouvait arriver à sa famille – Kerry répliqua :

« C'est un plan parfait. Pour toi. »

Il répondit par un sourire glacial.

Comme il semblait vouloir garder le silence, elle demanda :

« Qu'allons-nous faire dans ces marais ? »

Ethan s'arrêta à un feu rouge au milieu d'une route de campagne déserte, et prit un instant son visage entre ses mains.

« Nous débarrasser du corps de Regina.

— Alors, elle est vraiment morte ? » s'exclama-t-elle, tandis qu'il redémarrait.

Il afficha un visage perplexe. Avant qu'il ait eu le temps de lui expliquer ce qui était arrivé à sa tête – ce qui lui donnerait une bonne occasion de la prendre pour une idiote – elle ajouta :

« Je pensais qu'il fallait vous enfoncer un pieu dans le cœur… »

Cette fois elle lut clairement dans ses yeux qu'il la prenait pour une folle, sans qu'elle sache vraiment pourquoi.

« On dit que vous guérissez de n'importe quelle blessure », insista-t-elle.

Bien qu'il ait gardé la tête tournée vers elle durant toute cette conversation, la voiture se maintenait dans la bonne file.

« Dis, ça t'ennuierait de regarder la route ?

— Bon sang ! » soupira-t-il.

Désolée d'être aussi ignorante, je croyais que le sens précis du terme mort vivant *était qu'on ne pouvait pas mourir.*

Mais au lieu de cela, elle déclara piteusement :

« Tout le monde peut se tromper.

— Qu'est-ce que tu croyais ? Qu'une nouvelle tête allait pousser sur son corps, ou bien que son corps allait se reconstituer à partir de sa tête ? Ou bien que les deux allaient se recoller par miracle ?

— D'accord, d'accord. Je ne savais pas. Quand j'ai vu la façon dont tu t'es rétabli…

— Ce n'était pas aussi sérieux, l'interrompit-il.

— Laisse tomber, d'accord ? »

Comme un éclair de contrariété traversait son regard, elle prit conscience de l'importance de ce qu'elle venait d'apprendre : les vampires pouvaient mourir, si leurs blessures étaient suffisamment graves.

« Je voulais seulement savoir si elle allait revenir.

— Non, ça je te l'assure », conclut-il.

Se doutait-il de l'immense progrès qu'elle venait de faire dans la connaissance des vampires ? En tout cas, son visage ne laissa rien paraître.

Ils atteignaient maintenant les faubourgs de Rochester. Le quartier semblait particulièrement animé ; tous les immeubles, hormis ceux qui étaient condamnés et couverts de tags, arboraient des néons agressifs, aux couleurs vives. Ils se garèrent devant une sorte de petit supermarché dans lequel on vendait visiblement des articles de sport, de camping, des accessoires pour la voiture… Ethan en ressortit rapidement avec un antivol de vélo à la main.

Une fois dans la voiture, voyant son air étonné, il lui demanda si tout allait bien.

« Bien sûr, fit-elle d'une voix sifflante. C'est une balade si romantique… »

Comme il gardait le silence, elle ajouta :

« Et maintenant que tu as de quoi attacher ton… vélo ?

— Il ne reste plus qu'à voler une voiture », rétorqua-t-il calmement, comme si tout était parfaitement logique.

Ils s'arrêtèrent ensuite en face d'un concessionnaire automobile. À côté du magasin fermé, le parking était bien éclairé.

Sans doute, pensa-t-elle avec une ironie amère, *pour décourager les voleurs comme Ethan*.

« Mais nous avons déjà une voiture, protesta-t-elle. À quoi bon en prendre une autre ?

— Je ne veux pas qu'on voie la mienne près des marais de Bergen.

— Ne vaut-il pas mieux éteindre tes phares, suggéra-t-elle, pour qu'on ne nous remarque pas ?

— Au contraire, il ne faut pas chercher à passer inaperçus. Tiens, fais semblant de remplir cette feuille sur le capot, dit-il en lui tendant un formulaire qu'il venait de prendre dans une boîte fixée à la porte du magasin.

— Mais qu'est-ce qu'on fabrique ? demanda-t-elle, tandis qu'il extrayait de sous son siège un épais paquet du format d'une enveloppe. Et ça, qu'est-ce que c'est ?

— Ce sont des passe-partout, de tailles diverses. Au cas où la police rôderait dans le coin, nous faisons semblant de déposer notre véhicule en panne. C'est pour cela que tu remplis un formulaire… »

Tandis qu'elle tentait de se concentrer sur le questionnaire destiné à identifier le type de panne, il passa les véhicules en revue.

« Mais si toutes ces voitures ont des problèmes mécaniques, objecta-t-elle, comment savoir si celle que nous volons ne va pas nous lâcher dans deux kilomètres ?

— On ne peut jamais être sûr de rien, rétorqua-t-il tout en s'agenouillant devant la serrure d'une Ford. Par exemple, celle-ci affiche juste deux mille kilomètres au compteur, et se trouve sans doute ici pour une révision complète. Et, comble de bonheur, elle est bleue.

— Ne me dis pas que c'est ta couleur préférée.

— Non, c'est seulement la teinte que les gens remarquent le moins. »

Comme pour l'approuver, le moteur de la Ford se mit à rugir.

« C'est très pratique. Où as-tu appris autant de choses ?

— Tous les petits vampires apprennent ça à l'école. »

Avant qu'elle ait eu le temps de trouver une réplique sarcastique, il rangea son nécessaire de cambrioleur dans sa poche et lui ordonna de monter.

Tandis qu'elle s'installait, il éteignit les feux de l'autre voiture et transféra le corps de Regina à l'arrière de la Ford. Puis, sans se presser, il se glissa au volant.

« On dirait que c'est un jeu, pour toi, commenta-t-elle.

— D'une certaine façon. Un jeu où il faut bien réfléchir avant d'agir. Par exemple, je crois que nous avons du temps devant nous. Je ne veux pas arriver trop tôt aux marais, de peur qu'on ne nous remarque.

— Et pourquoi reprenons-nous la direction de Rochester ?

— Il y a plus de circulation dans ce sens. Au cas où on nous suivrait. Si tu veux, on peut bavarder pour passer le temps. Choisis un sujet de conversation, vas-y.

— D'accord. Tu n'as pas peur que le sang qui coule du cadavre de ton amie tache la banquette arrière ? »

Immédiatement, l'humeur d'Ethan s'assombrit.

« Tout d'abord, dit-il d'un ton véhément qui la stupéfia, qu'est-ce que ça peut faire ? Deuxièmement, les cadavres ne saignent pas. Ce sont les battements du cœur qui provoquent la circulation. Tertio, il n'y a plus de sang dans le corps de Regina.

— Comment cela ? s'exclama-t-elle, horrifiée. Tu l'as bu ?

— Bien sûr que non ! répondit-il, accompagnant son cri d'un regard aussi choqué que celui de Kerry.

— Pourquoi ? Les vampires ne s'attaquent pas entre eux ?

— Cela peut arriver, évidemment. Comment crois-tu… »

Il se reprit.

« Elle est morte, c'est comme si je buvais…

— C'est bon, n'insiste pas. »

Étant donné son regard dégoûté, elle n'avait aucune envie de savoir quel exemple comparable il pouvait lui indiquer.

« Ce serait pire que de boire le sang d'un animal, dit-il.

— Vous n'attaquez jamais les animaux ? »

Il secoua la tête.

« Et… est-ce qu'il vous arrive de piller des banques de sang de la Croix-Rouge ? »

Apparemment, l'idée lui parut aussi choquante que l'était pour elle celle qui consistait à se nourrir des humains.

Comme il se garait brusquement au bord de la route, elle se pelotonna contre la portière, affolée. Il tendit les deux mains en signe de paix.

« Je veux seulement t'expliquer certaines choses, dit-il. Il faut que tu comprennes… »

Il marqua une pause, cherchant ses mots. C'était sans doute un sujet que les vampires n'avaient pas besoin d'aborder entre eux, et dont ils parlaient rarement aux mortels.

« L'essentiel n'est pas de se nourrir. Il existe une sorte de lien physique et mental, ce que faute de mieux j'appellerais une communion *spirituelle*…

— C'est exactement ce que m'a dit le dernier garçon qui m'a invitée à danser », soupira Kerry.

Ethan éclata d'un rire qui paraissait sincère. Elle n'avait pourtant pas cherché à être drôle.

« Oui, c'est un peu la même chose que ça…, dit-il. Parfois, lorsqu'un vampire boit le sang d'un humain, celui-ci trouve, comme le vampire, que c'est très agréable même si cela te choque… »

Elle n'aimait pas la tournure que prenait la conversation. Elle avait l'impression qu'il ne cherchait qu'à se moquer d'elle.

« Les deux personnes y trouvent leur compte, reprit-il. Parfois, en tout cas. Il y a des mortels qui prennent du plaisir à de drôles de choses.

— Tu dis que c'est agréable parce que tu es un vampire, dit Kerry. Si un autre vampire boit ton sang, tu n'en meurs pas, et c'est ce qui fait toute la différence. »

Cette remarque le fit sursauter.

« Je t'assure, Kerry, qu'un vampire ne tue pas chaque fois qu'il se nourrit. »

Elle ne savait pas si elle devait le croire ou pas.

« Nous prélevons le strict nécessaire, à peine plus qu'un don du sang. Cela laisse le corps humain un peu fatigué, mais grisé. »

Kerry afficha une mine sceptique.

« Combien crois-tu qu'il existe de vampires ?

— Aucune idée, répondit-elle prudemment.

— Bonne réponse. Cependant, réfléchis un peu : si chaque nuit nous vidions un humain de son sang, combien de temps les gens mettraient-ils à se douter de quelque chose ?

— C'est vrai. Mais cela veut-il dire que tu n'as jamais tué personne ?

— Si je te disais oui, tu me croirais ? »

Après un instant d'hésitation, elle secoua la tête.

« C'est bien, dit-il en riant, tu n'es pas si crédule !

— Mais pourquoi le faire si ce n'est pas nécessaire ?

— De temps en temps, le vampire a besoin de tuer. S'il ne se nourrit pas de sang, sa soif devient obsédante, tant et si bien qu'il finit par perdre ce que vous, humains, appelez si crânement "votre humanité". Il devient une bête sauvage, et s'attaque sans hésitation à son entourage – parent, enfant ou ami. Lorsque sa soif est étanchée, il est écrasé par le chagrin, mais il est trop tard… Cependant, même s'il se nourrit régulièrement, le vampire ne doit pas laisser s'écouler trop de temps entre deux meurtres, sans quoi il perd toute énergie, toute force vitale, et devient incapable d'assurer sa survie. Il est nécessaire de sentir que l'on prend la vie d'un autre, de la sentir s'écouler en nous, avec ses souvenirs et ses émotions.

— Et pourquoi ces chasseurs de vampire en ont-ils après moi ? demanda-t-elle, soudain pressée de passer à un sujet moins brûlant.

— Pour eux, tu m'as aidé à m'échapper. Tu es donc des nôtres.

— Et qu'est-ce qu'ils ont pu faire de ma famille ?

— Autre mystère. J'essaie d'établir un rapport entre *"Lévitique, XVII, 10"* et cet enlèvement, mais cela ne donne rien de très satisfaisant.

— De quoi parles-tu ?

— Du message sur ton mur. Au-dessous de l'inscription en rouge. »

Elle se rappela les lettres et les chiffres griffonnés.

« C'est un verset de la Bible interdisant la consommation de sang. Ils ne se sont pas privés de me le citer, lorsqu'ils m'ont capturé. "Sur tout homme, de la maison d'Israël ou étranger qui mangera du sang, j'arrêterai l'œil de ma colère, je le retrancherai du milieu de son peuple..."

— C'est sûrement le patron de la laverie. Il était très croyant, et... »

Devant son regard, elle n'acheva pas sa phrase.

« Tu l'as tué, n'est-ce pas ? Toi et Regina vous êtes retournés le voir, et vous l'avez assassiné, lui et sa femme, Roth et Sidowski...

— Tu oublies Ken Kelada, au moment de ma capture. Apparemment, il en restait un. »

Ken.

Elle se rappela les mots du patron de la laverie, au téléphone avec Marcia : « Ken est mort. » Et Sidowski l'accusant : « Il lui a brisé la nuque. Comme ça. » À ce moment, elle l'avait cru innocent. Jusque-là, elle pensait avoir dépassé les limites de l'horreur. Cinq morts ! Sans parler de Regina…

« Je t'avais dit, commenta Ethan après un coup d'œil dans sa direction, que ça ne te plairait pas. »

9

DANS LES MARAIS

Ethan quitta bientôt la nationale pour prendre une route gravillonnée, qui se mua au bout de quelques centaines de mètres en un chemin de terre.

« Bienvenue au marais de Bergen, déclara-t-il.

— Vu d'ici, on croirait plutôt un bois.

— C'est ce qu'on dit généralement avant de s'enfoncer dans les sables mouvants », fit-il avec un sourire.

Comme la voiture s'engageait sur une piste tracée à travers les mauvaises herbes, Ethan ralentit et se gara en bordure du chemin.

« Et s'il y a des chasseurs ? demanda Kerry,

qui tout à l'heure avait remarqué deux 4 x 4 sur le bas-côté, à l'entrée du sentier.

— Je les aurai repérés bien avant eux. Je te conseille de rester très près de moi. Tu peux t'accrocher à ma ceinture, si tu veux. Je ne plaisantais pas, quand je t'ai dit qu'il y avait des sables mouvants.

— Attends-moi ! » s'écria-t-elle d'une voix stridente, tout en essayant de défaire sa ceinture de sécurité.

Dès qu'elle descendit du véhicule, elle sentit son pied s'enfoncer dans une flaque boueuse qui avala sa chaussure. Il se trouvait déjà à une dizaine de mètres d'elle, et se retourna, furieux de son manque de discrétion.

« Ne commence pas…

— … à m'énerver. Je sais. Désolée. Mais je t'en prie, marche un peu moins vite. Je n'y vois pas aussi bien que toi. »

Il attendit patiemment qu'elle se soit rechaussée, puis la laissa s'accrocher à un pan de son blouson. Même en marchant sur les traces du jeune homme, elle se rendit vite compte qu'elle ne pouvait pas avancer aussi discrètement que lui.

« Tu sais où on va, au moins ?

— Fais-moi confiance, dit-il – elle supportait de moins en moins d'entendre ces mots dans sa bouche. J'ai vécu dans cette région toute ma vie. J'en connais le moindre centimètre carré. »

Ça fait beaucoup de centimètres.

Ils marchèrent longtemps dans le noir. Kerry entendait des craquements autour d'elle, sentait des bêtes les frôler, sans pouvoir les discerner dans l'obscurité. Sans doute *lui* les voyait-il, mais mieux valait ne pas lui demander s'il s'agissait de serpents, de ratons laveurs enragés, ou même d'autres vampires. Dans ce dernier cas, Ethan pourrait-il la protéger ?

Le jeune homme s'arrêta enfin dans un endroit quelconque, déposa le corps sur le sol et s'agenouilla. Comme il semblait prier ainsi depuis quelques minutes, le visage enfoui dans ses mains, elle s'approcha.

« Ethan… »

Soupir.

« Je voudrais savoir… Depuis combien de temps es-tu un vampire ? »

Le jeune homme hocha tristement la tête, et murmura :

« Depuis près d'un an. »

La surprise fut complète. Pourtant, cela expliquait bien des choses.

Elle s'assit à son côté et posa sa main sur son épaule. Sous le blouson de cuir, elle sentait ses muscles fermes, mais pas la froideur de sa peau.

« Comment cela est-il arrivé ? »

Avec ses épaules voûtées et ses bras repliés

sur la poitrine, il semblait aussi vulnérable qu'à leur première rencontre.

« Nous nous sommes fait agresser, mon frère et moi. C'était la première fois que je venais à Brockport. Nous roulions la nuit, lorsque nous avons vu une voiture arrêtée. Une fille pleurait à l'intérieur et son maquillage lui coulait sur le visage. Lorsque nous sommes sortis, un gars a surgi avec un pistolet et a tiré trois fois sur Peter, et deux fois sur moi. Ils nous ont fouillés, ont pris nos portefeuilles et sont repartis. Je suis resté allongé sur la route. J'étais certain que mon frère était mort, et que bientôt ce serait mon tour. Puis une autre voiture s'est arrêtée, et une très belle femme en est descendue. Regina. Elle s'est approchée de moi, s'est accroupie et a posé ma tête sur ses genoux. Tout en me caressant les cheveux, elle m'a expliqué que je n'en avais plus pour longtemps à vivre, mais que si je le désirais, elle pouvait me donner une seconde chance. »

De nouveau il enfouit son visage dans ses mains, parlant avec une voix étouffée.

« J'avais si peur ! Je lui ai dit que j'acceptais son offre… »

Kerry sentait une énorme boule se former au fond de sa gorge, qui l'empêchait de parler.

« Quelle horreur, articula-t-elle enfin. C'est vraiment affreux… »

Incapable de trouver les mots justes pour le consoler, elle passa en revue tout ce qu'elle avait appris de lui depuis le début, confrontant cette information avec les autres.

Et plus elle y pensait...

Plus elle y pensait...

Le visage de la jeune fille se décomposa.

« Mais tu as au moins changé une fois d'identité, puisque tu as signé Michel sur l'ordinateur ! »

Il lui jeta un regard vif entre ses doigts.

« Ah oui, c'est vrai.

— Et de plus, fit-elle d'une voix de plus en plus véhémente, lorsque nous sommes sortis de la voiture, tout à l'heure, tu m'as affirmé que tu avais vécu toute ta vie dans la région ! »

Il hocha la tête. Son visage n'exprimait aucun remords.

« Là, je dois admettre que tu m'as bien coincé ! dit-il calmement en retournant vers le corps de Regina.

— C'est... c'est dégoûtant de mentir ainsi ! » hurla-t-elle.

Elle aurait voulu le battre.

« Il faut que je la sorte des couvertures, la prévint-il, un léger sourire flottant encore sur ses lèvres.

— Je te déteste !

— Ça vaut mieux ainsi. »

Sans doute était-ce la seule parole sincère qu'il ait prononcée depuis leur rencontre.

Ethan secoua la courtepointe au-dessus des sables mouvants. La tête et le corps s'enfoncèrent bientôt dans la boue.

« Il y a une sorte de mare à quelques minutes d'ici. Nous y jetterons la chemise de nuit et l'oreiller. Et nous éparpillerons le reste des couvertures en chemin.

— Tu es trop sentimental, lui dit-elle. Ça te perdra. »

En un éclair, il la saisit par sa queue de cheval et la força à le regarder.

« Ça, c'était un mot de trop… »

En un instant, elle retrouva la panique qu'elle avait ressentie dans le bureau, lorsqu'il avait failli la mordre. Elle avait été idiote de voir autre chose en lui qu'un prédateur, un buveur de sang.

S'il te laisse vivre, grave cette image dans ta tête et ne l'oublie plus.

Lorsqu'elle vit les canines luire dans la clarté lunaire, elle comprit que tout était perdu, qu'elle avait franchi la limite qu'il lui avait imposée et que, cette fois, il était inutile d'essayer de se débattre.

Il s'approcha de son cou.

S'il lui laissait le choix, elle préférait encore mourir que de devenir un monstre comme lui.

Elle sentit ses lèvres se poser sur sa joue et… y déposer un baiser.

« Si tu n'aimes pas les jeux de vampire, dit-il doucement, ne t'amuse pas avec eux. »

Il la relâcha si brutalement qu'elle faillit tomber à la renverse. Puis il lui lança l'oreiller, couvert de sang, et lui indiqua la direction de la mare.

Après s'être débarrassés des derniers indices, ils retournèrent en silence à Rochester et changèrent de voiture.

Tandis qu'Ethan s'enfonçait dans son mutisme, elle se demanda quelle était la marche à suivre. Il était cinq heures du matin à sa montre. Elle estima que le lever du soleil aurait lieu vers sept heures. Il n'avait toujours pas jeté la couverture ; peut-être comptait-il retourner à Brockport pour la jeter quelque part et rentrer se coucher dans la maison qui appartenait soi-disant à son oncle. Mais celui qui avait tué Regina connaissait sans doute son adresse aussi, et pouvait s'attaquer à lui durant le jour, quand il était sans défense.

Jetant un bref coup d'œil dans sa direction, elle douta fort qu'il comptât sur elle pour veiller sur son sommeil.

À cette seule pensée, ses paupières s'alourdirent. Depuis combien de temps n'avait-elle pas dormi ? Cela devait remonter à jeudi soir, et encore n'avait-elle fermé l'œil que quelques heures. Après toutes les émotions de cette nuit et cette course à travers les bois, elle fut surprise de sa propre résistance.

Comme elle étouffait un bâillement, Ethan tourna les yeux vers elle pour la première fois depuis deux heures.

« Où allons-nous passer la journée ? demanda-t-elle tandis qu'elle se décrochait pratiquement la mâchoire.

— Dans le métro de Rochester, répondit-il, non sans réticence.

— Mais il n'y a pas de ligne de métro dans cette ville…

— Ils l'ont fermée dans les années cinquante, rétorqua-t-il.

— Et ils n'ont pas rebouché les entrées, ou coulé du béton à l'intérieur ?

— Dans la plupart des stations, mais pas partout.

— Alors on va dormir sous terre ?

— Oui.

— Dans le noir ?

— C'est tout l'intérêt de la chose.

— Je veux dire, l'obscurité totale ? »

Il ne daigna pas répondre et des images horribles envahirent l'esprit de Kerry : des rats, des créatures qui rampent dans les ténèbres, sans qu'on puisse les voir. Et puis les gens qui rôdent dans les égouts et sur les bancs publics. Pas de sympathiques clochards comme Phyllis la petite vieille qui ramassait les bouteilles vides pour récupérer la consigne, et qui portait ses vêtements à l'envers un jour sur deux, pour tromper les espions de la CIA... Non, des trafiquants de drogue, des prisonniers évadés et des pervers. Elle se rappela l'antivol qu'avait acheté Ethan, et songea avec effroi qu'elle ne pourrait même pas se défendre.

« Et... elle est où cette station de métro ?

— Ce n'est pas une station.

— Qu'importe. Où allons-nous... ? »

Elle n'acheva pas sa phrase. La tête appuyée contre la portière, elle sentit le froid de la vitre contre sa joue et en même temps une douce torpeur l'envahir. Il faisait bon et sombre dans la voiture, et elle pouvait se laisser aller, fermer les yeux, il n'allait pas lui faire de mal, il l'avait épargnée depuis le début et n'avait tué personne devant elle...

... Lorsqu'elle rouvrit les yeux, elle fut éblouie par une lumière vive et s'aperçut qu'elle était allongée sur le sol.

Ethan lui tenait le poignet.

Instantanément, son cerveau fut assez lucide pour comprendre qu'il allait lui mordre le bras ; malheureusement, son corps était encore trop engourdi pour réagir. Puis elle sentit le contact du métal froid contre sa peau et perçut le cliquetis sec de l'antivol qui se refermait.

Elle voulut s'asseoir mais ne put se redresser complètement, car son bras était attaché à un rail de chemin de fer.

« C'est toi qui as fait ça… ?

— Que veux-tu dire ?

— Tu m'as endormie.

— N'exagérons rien, tu étais déjà à demi assoupie. »

Ils se trouvaient dans un tunnel, parmi des décombres. L'absence de papiers gras ou de bouteilles vides prouvait que personne n'avait déjà séjourné dans les parages. Par bonheur, la lumière vive de la torche ne permettait pas de percer les ténèbres : la voûte semblait prête à s'écrouler au premier éternuement.

Il posa une deuxième lampe éteinte à portée de main de la jeune fille, sans doute à utiliser lorsque les piles de la première seraient usées. Il avait également disposé non loin d'elle son sac à dos et les courses qu'il avait faites au supermarché.

« Tu ne voulais pas que je sache comment tu es entré ici, n'est-ce pas ? »

Assis en tailleur à distance respectable de la jeune fille, Ethan se contenta de sourire.

« Tu m'as portée sur ton dos ? » demanda-t-elle, troublée par l'idée qu'il aurait pu la mordre à ce moment.

C'est idiot. Il aurait pu le faire avant s'il avait voulu.

Elle refréna l'envie de palper sa gorge, mais il devina sans doute ses craintes car son sourire s'élargit encore.

« Tu n'as jamais eu besoin de moi ? dit-elle.

— Quand ça ?

— À la laverie. Je croyais que je t'avais sauvé la vie, mais tu n'avais qu'à utiliser… tes pouvoirs hypnotiques.

— Trop d'adrénaline.

— Pardon ? »

Cette fois, il fit un sérieux effort pour ne pas éclater de rire.

« J'aurais pu essayer de les pousser à dormir, mais ils étaient trop tendus, trop excités. Ils auraient résisté.

— Alors, tu étais vraiment en danger ? soupira-t-elle.

— Bien sûr ! s'esclaffa-t-il.

— Sans moi, tu t'en serais sorti quand même ? »

Par pure politesse, il fit mine de réfléchir.

« Disons que je n'étais pas très inquiet, admit-il. Mais cela aurait pu mal tourner. En tout cas, c'était très gentil de ta part.

— Tu es trop aimable, dit-elle. Tu vas me faire rougir.

— Bonne nuit, Kerry », lança-t-il avec un éclat de rire.

Comme elle s'allongeait, elle sentit contre sa nuque la courtepointe de Regina. Même si aucune tache de sang n'y était visible, elle la rejeta sur le côté avec une mine dégoûtée.

« Tu vas attraper froid, commenta Ethan.

— Je préfère encore geler.

— Ne sois pas bête. »

Au bout d'un instant, il retira son blouson et le lança dans sa direction.

« Et toi ? s'enquit-elle en claquant des dents.

— Les vampires ne ressentent que les températures extrêmes. Je le porte juste pour ne pas attirer l'attention. »

Elle s'étendit de nouveau sur le sol, incapable de décider si la fatigue qu'elle ressentait était naturelle ou bien provoquée par Ethan.

« Et demain ? Qu'est-ce qu'on fait ? »

Elle remarqua qu'elle venait de parler comme un vampire, en se repérant selon les nuits et non les jours.

Le silence du jeune homme la força à relever la tête ; elle vit ses yeux clos et regarda sa montre. Sept heures passées de cinq minutes. Son cœur, si lent pendant le jour, s'arrêtait-il de battre la nuit ? Avant d'avoir trouvé la réponse, elle plongea à son tour dans le sommeil.

10

L'AFFAIRE SE COMPLIQUE

Kerry se réveilla une première fois à dix heures, le dos raide, le bras droit, celui qui était enchaîné, douloureux, les orteils engourdis et le reste du corps transi de froid. La lumière de la torche lui permit de s'assurer qu'il n'y avait aucune bête rampante en vue, et qu'Ethan dormait encore.

À contrecœur, elle attrapa la courtepointe et l'étala sur le sol froid, tentant de se persuader que le sang de Regina n'avait pas traversé les draps et les couvertures.

Lorsqu'elle se rendormit, elle rêva de la femme-vampire en train de mordre Ethan. Même inconsciente, elle savait qu'il s'agissait d'une histoire inventée de toutes pièces par le jeune homme. Pourtant, le songe suivit scrupuleusement chaque détail de son récit.

Il était allongé sur le bord de la route, la tête sur les genoux de Regina. Son visage exprimait à la fois la peur, le défi et le courage, comme lors de leur rencontre à la laverie. Ses cheveux noirs accentuaient la pâleur de sa peau. Beauté froide et cruelle, Regina se penchait vers lui, lui soulevait le menton et appliquait ses lèvres sur sa gorge. Elle posait sa main sur sa tête, comme pour la caresser et en même temps s'assurer qu'il ne lutterait pas lorsqu'elle commencerait à boire son sang...

Dans le rêve, Kerry partageait les émotions d'Ethan : l'angoisse, bien sûr, mais aussi un plaisir mitigé de crainte. À ce moment, elle essaya en vain de reprendre conscience. Le souffle d'Ethan était de plus en plus oppressé, puis s'arrêta dans un spasme de douleur.

Kerry s'éveilla au moment où il ouvrait les yeux.

Toujours allongé, le véritable Ethan dormait encore. L'après-midi était à peine entamé, mais elle savait qu'elle ne parviendrait plus à se rendormir.

Pour tuer le temps, elle fit ses devoirs en mangeant des chips. Vers cinq heures moins vingt-cinq, il poussa un soupir.

Elle était prête à parier qu'à cet instant précis le soleil d'hiver disparaissait derrière l'horizon. Elle pensa dire bonjour, puis se ravisa. Bonsoir lui semblait ne pas convenir davantage ; cela ressemblerait à un mauvais pastiche de *Dracula*. Finalement, elle opta pour salut.

Il se redressa avec aisance, nullement engourdi par le froid comme l'avait été Kerry. Après s'être étiré, il passa ses bras autour de ses genoux.

Après quelques siècles d'entraînement, moi aussi j'y arriverais.

« Toujours là ? » commenta-t-il.

Sa surprise n'était peut-être pas feinte.

Après une longue marche ils débouchèrent enfin à l'air libre, longeant sur la fin une petite voie en bordure de fleuve. Tout au long du chemin, elle se demanda comment il avait pu la transporter aussi loin, et surtout comment elle avait pu ne se rendre compte de rien. Ils avaient laissé la courtepointe derrière eux. Ethan avait commenté : « Ça servira peut-être un jour… »

Il l'emmena dans un petit restaurant, tenu par des Grecs. Selon lui, c'était un des rares endroits où l'on servait des petits déjeuners à n'importe quel moment de la journée.

« Pourquoi cela ? demanda-t-elle. Y aurait-il beaucoup de vampires grecs ? »

Son sourire pouvait signifier qu'elle avait mis dans le mille, ou qu'elle venait de proférer la plus grosse ânerie qu'il ait jamais entendue.

Lorsqu'elle revint des toilettes du restaurant, elle le trouva assis à une table, plongé dans la lecture du journal. Comme il n'avait pas l'air décidé à le poser pour parler avec elle, elle demanda :

« Des nouvelles intéressantes ? »

Il marmonna une réponse indistincte, comme le faisait toujours son père au petit déjeuner. À cette seule pensée, la colère l'envahit. Comment pouvait-il être aussi désinvolte, alors que ses proches étaient en danger ?

« Tu lis les petites annonces pour morts vivants ? »

Il lui lança un regard noir.

Elle aurait voulu le saisir par le col et le secouer en hurlant : « Fais quelque chose ! » Mais il risquait de faire traîner davantage les choses. Elle se défoula sur son omelette au fromage qu'elle découpa en petits morceaux. Le voyant avaler un verre de jus d'orange, elle s'étonna :

« Mais ! Tu es en train de boire !

— Non, non, c'est juste un trucage, répondit-il sans même lever les yeux.

— Je ne savais pas que tu pouvais. »

Cette fois-ci, il lui jeta un regard furieux.

« Pourquoi ? Je n'ai pas le droit ? Mon médecin me l'a interdit ? » siffla-t-il.

Elle hocha la tête, ravie de l'avoir agacé.

« Je peux avaler tout ce qui est liquide. Contente ? »

Elle lui adressa son sourire le plus radieux, mais il avait reporté toute son attention sur le journal.

« Ta mère ne t'a pas appris que c'était grossier de lire à table ?

— Même si les nouvelles te concernent ?

— Comment ? »

Elle tendit la main vers le quotidien, mais il lui assena une petite tape sur les doigts. Dans la salle, des têtes se tournaient dans leur direction, l'obligeant à contrôler le volume de sa voix.

« Qu'est-ce qu'ils disent ? le supplia-t-elle.

— ... disparition hier soir de Kerry Nowicki, seize ans, cheveux châtains, yeux noisette, un mètre soixante, environ soixante kilos... »

Elle poussa un cri indigné qui le fit sourire.

« Chut. Regarde, il y a même une photo. »

Elle fit la grimace en voyant un Polaroïd datant de l'année précédente, juste après le départ de sa mère. Elle était si déprimée à l'époque qu'elle s'était laissé convaincre par son amie Nelle de lui faire une permanente maison.

« ... aperçue la dernière fois habillée d'un

blouson rose, d'une chemise blanche, d'un pantalon noir et d'un tablier violet... »

Comme si elle allait porter ce tablier ridicule en dehors du magasin !

J'espère qu'ils mentionnent qu'il s'agit d'un uniforme.

« Qui a signalé ma disparition ?

— Attends un peu, je continue. *Personne ne sait si Kerry est rentrée chez elle après avoir quitté le parking du supermarché à environ huit heures trente en compagnie d'un jeune homme prénommé "Egon"* – il lui jeta un regard amusé –, *âgé de dix-neuf à vingt ans, cheveux noirs, yeux noirs, portant un blouson en skaï...*, dit-il en levant au ciel ses yeux bleus. Voilà ce que j'appelle un témoignage de premier ordre.

— Que disent-ils sur Ian et mon père ? »

Comme il lui intimait d'un geste de parler moins fort, elle se pencha en avant et chuchota :

« Ethan, je veux savoir...

— Quel bus prends-tu pour aller au lycée ?

— Comment ?

— Est-ce que le chauffeur s'appelle Cindy Dickerson ? »

Elle ne put réprimer un frisson.

« Que s'est-il passé ?

— Un accident provoqué. Une collision entre une voiture de marque Toyota appartenant à

Stephen Nowicki du rond-point du Pré-au-Faune, et un bus scolaire.

— Mon père est impliqué dans un accident ? » s'exclama-t-elle.

Elle ne savait pas comment interpréter la nouvelle.

« Pas tout à fait. J'ai parlé de la voiture de ton père. À moins que celui-ci n'ait dans les cinquante ou soixante ans, une légère calvitie et une tendance à porter des gilets de flanelle ?

— Non.

— Alors ce n'était pas lui. Je lis : *"Des témoins ont vu la Toyota faire une queue de poisson au bus et le pousser hors de la chaussée près du carrefour entre la route 31 et la rocade de Brockport. Le véhicule de transport d'enfants a dérapé sur une cinquantaine de mètres le long du rail de sécurité, poussé par la Toyota qui l'empêchait de revenir sur la route. Au moment où se terminait le rail, la roue droite du bus est montée sur une borne en béton et le véhicule s'est couché dans un fossé. La Toyota s'est immobilisée quelques mètres plus loin, après avoir percuté une borne d'incendie."* Regarde, il y a un dessin. »

Il lui tendit l'article, mais elle était trop agitée pour le lire.

« Est-ce qu'il y a des… ? »

Elle ne put se résoudre à dire « morts » ou « blessés ».

« Quelques écorchures, des bleus, des bras et des côtes cassés. La plupart des gens ont été emmenés à l'hôpital de Lakeside et sont déjà ressortis. Un certain Kurt Wilimier... »

Elle hocha la tête.

« ... a été coupé par une vitre brisée et vient d'être admis à la clinique de Strong Memorial à Rochester. Tous les autres sont considérés comme hors de danger. Le bus transportait normalement quarante-cinq étudiants, mais la plupart avaient déjà été déposés à leur domicile, et il ne restait que sept personnes à bord. Le conducteur de la voiture a profité de la confusion pour s'éclipser à pied.

— Et ils disent que ce type l'a fait exprès ? Qu'il a volontairement... »

Ethan opina.

Elle s'affala contre le dossier de sa chaise, ahurie.

« La police a vérifié la plaque de la voiture, et lorsqu'elle est arrivée chez toi, elle a découvert le salon en désordre et sans doute les inscriptions. Ta voisine, Mme Ar-men-da-riz, pense que ton père et ton frère ont disparu depuis vendredi soir, date à laquelle tu as appelé. Soit ils n'ont pas fait le lien entre le bus accidenté et toi, soit ils n'ont pas divulgué l'information.

— Je ne le prends jamais le vendredi soir, soupira Kerry. C'est le jour où je travaille au supermarché. Mais tu crois que les deux événements sont liés ?

— Si ce n'est pas le cas, c'est une incroyable coïncidence. En tout cas, notre ravisseur a un visage, maintenant. On sait qu'il est dégarni.

— Ça n'a pas l'air de beaucoup t'émouvoir.

— Oh que si, l'assura Ethan. L'une des premières règles qu'apprend un vampire au cours des ans, si ce n'est la première – à part bien sûr : "Une fenêtre n'est jamais assez calfeutrée" – c'est : "Ne t'attaque jamais aux enfants." »

Elle se rappela la première nuit, lorsqu'il avait tenté de la dissuader d'aller voir la police, arguant que le groupe de la laverie la laisserait en dehors de tout cela… « Les policiers n'aiment pas que l'on maltraite les enfants. Ça les rend dingues. » Même si cette sollicitude des vampires envers les personnes d'âge tendre était motivée avant tout par un souci de discrétion, c'était tout de même un point en leur faveur.

« C'est affreux, répéta-t-elle. Il a failli tuer tous ces gamins seulement pour m'éliminer. Qui a pu faire une chose pareille ?

— Quelqu'un de pas très malin en tout cas, dit Ethan. Il pense que tu es un vampire, et il percute le car en plein après-midi.

— Et maintenant, qu'est-ce qu'on fait ?

— On change de voiture. »

Devant son regard horrifié, il ajouta rapidement :

« Ne t'en fais pas. Cette fois, je vais en louer une autre. Je ne sais pas trop si mon nom a été mêlé à tout cela.

— À cause de la disparition du patron de la laverie ? »

Il parut surpris.

« Bien sûr que non. Ils n'ont pas disparu, Regina et moi avons fait croire à un règlement de compte entre trafiquants de drogue et prostituées...

— Quoi ? s'exclama-t-elle. Mais pourquoi ?

— Parce que c'est le genre d'affaires auxquelles la police est habituée. Et cela égare les soupçons de la famille.

— Pauvres familles... »

Elle pensait aux épouses et aux parents éplorés, passant le reste de leur existence à se demander comment ils avaient pu autant méconnaître les défunts. Comme elle s'était demandé comment elle avait pu autant se tromper sur sa mère.

Ethan haussa les épaules.

« Et l'incendie de la maison de Regina ? Ils ont fait le lien ?

— Non, c'est un article à part, dans la section locale. »

Elle lut le titre à l'envers : « *La maison d'une femme isolée détruite par les flammes* » et au-dessous, en petits caractères : « *Incendie d'origine suspecte.* »

« ... *traces d'incendie volontaire...*, lut Ethan, *aucun blessé... propriétaire absente, recherchée par la police...*

— Si je comprends bien, tu n'as aucune raison de t'inquiéter. Pourquoi changer d'identité ? »

Comme il gardait le silence, elle poursuivit :

« Ça ne doit pas être drôle tous les jours de traverser l'éternité en passant son temps à se méfier. »

Un nuage de contrariété flotta un instant sur le visage d'Ethan, puis toute son attention se porta sur la porte d'entrée.

En se retournant, Kerry vit qu'un policier venait de pénétrer dans le restaurant. Pendant un instant, elle pensa bondir vers lui pour lui demander son aide. Mais est-ce qu'il croirait à une histoire de vampire ? De plus, qui était le plus qualifié pour secourir sa famille, la police ou Ethan ?

Ce dernier suivit avec attention la lutte qui se lisait sur le visage de la jeune fille. Lorsqu'il comprit qu'elle se rangeait de son côté, il dit d'un ton léger en ouvrant le journal :

« Alors, quelle est ta bande dessinée préférée ?

— Snoopy, répondit-elle après un premier moment d'étonnement.

— Ça, c'est dans le journal du matin. Et Garfield, ça ne te plaît pas ?

— Si, si. Super. »

Apparemment, l'homme en uniforme connaissait bien la patronne, ainsi que le cuisinier, qui sortit en tablier et toque blanche pour le saluer.

Le jeune homme étala le journal sur la table, et ils se penchèrent tous deux sur les aventures du gros chat.

« C'est marrant ! dit-il.

— Ouais », répondit-elle, pourtant trop tendue pour saisir le sens des dialogues.

Les confrontations avec des représentants de l'ordre, quels qu'ils soient, la rendaient toujours nerveuse. Même si elle n'avait rien fait, elle se sentait quand même coupable. Elle souhaita que son visage n'exprimât rien de tout cela.

Le policier examina les clients du restaurant, et elle sentit son regard s'arrêter sur leur table.

« Par contre, je ne comprends rien aux aventures de Mandrake, dit-elle.

— Il faut avoir lu l'épisode précédent. »

Du coin de l'œil, elle vit la masse bleue de l'uniforme se rapprocher d'eux.

« Excusez-moi. »

Ethan leva un regard étonné et naïf. Toute autre personne que Kerry aurait juré qu'il était surpris, mais pas inquiet, de la présence de l'homme. Ses yeux bleus candides exprimaient la curiosité naturelle des gens qui n'ont rien à se reprocher.

« Nous sommes à la recherche d'une jeune fille, dit le policier en présentant une photo.

— Mon Dieu, comme elle te ressemble, Steffie ! »

Kerry tendit la main vers l'instantané. C'était le même que celui publié dans le journal. Elle fit semblant de réfléchir quelques secondes, puis répondit avec une moue coquette :

« Non... mais c'est vrai qu'on a les mêmes yeux.

— Le nez aussi ! s'écria le jeune homme. Sans aucun doute. »

Prenant Kerry par le menton, il présenta son profil au gardien de la paix.

« Vous ne trouvez pas ? »

Celui-ci acquiesça.

« Mais les cheveux sont différents. Plus bouclés et plus clairs. »

C'était un des effets secondaires de la permanente de Nelle.

« Puis-je savoir comment vous vous appelez ?

— Tim, répondit le vampire, qui ajouta aussitôt Timothy Davin. Et ma sœur.

— Steffie Davin, enchantée.

— Vous connaissez cette jeune fille ? Elle s'appelle Kerry Nowicki.

— Il n'y a pas de Nowicki dans la famille ? demanda Ethan à sa « sœur ».

— Comment s'appelle la famille de la sœur de tante Fern, ceux qui vivent à Sodus ?

— Noland, je crois.

— Bien, soupira le policier. Je suppose que vous ne l'avez pas vue ?

— Je ne pense pas, dit Ethan.

— Moi non plus, renchérit la jeune fille.

— Merci beaucoup. »

L'homme retourna vers le comptoir, pour demander à la patronne de coller la photo près de la caisse.

« À ton avis, qu'est-ce qu'elle a fait ? s'enquit Kerry à voix haute.

— Une fugue », répondit son compagnon avec un petit hochement de tête.

Dès que la porte se fut refermée sur le policier, il ajouta :

« Sans oublier : incendie volontaire, vol de voiture, complicité de meurtre et recel de malfaiteur. »

Kerry repoussa son assiette. Elle était devenue une menteuse !

« Tu n'oublies pas fraude à la carte de crédit ? demanda-t-elle.

— Pour ça, chuchota Ethan en se penchant vers elle, attends qu'on ait loué la voiture. »

11

SUR LES TRACES DE MARSALA

À une agence de l'aéroport, Ethan loua une nouvelle voiture sous un nom différent, et tendit nonchalamment une carte de crédit à l'employé. D'après ce qu'avait pu voir Kerry, il en possédait une vaste collection.

« Et l'autre ? demanda Kerry. Si tu l'abandonnes, la police va sûrement chercher à prendre contact avec toi.

— Pas avant quelques jours. D'ici là, si tout se passe bien j'aurai eu le temps de revenir et d'effacer mes traces. Sinon… »

Il secoua la tête.

« Je n'aimerais pas disparaître sans laisser

d'adresse. Cela soulève toujours trop de questions. D'un autre côté, personne ne s'en inquiétera vraiment. »

Il parle de sa mort, réalisa-t-elle. *Au cas où la confrontation avec le chasseur de vampire tourne mal.*

Elle n'était donc pas la seule à s'inquiéter, ou même à craindre le pire.

« Qu'est-ce que tu entends par “effacer les traces” ? Faire croire qu'Ethan Bryne a été tué par des trafiquants de drogue ?

Contre toute attente, il répondit à sa question.

« Pourquoi pas ? Mais je préfère laisser quelques indices suggérant que Gilbert Marsala a exécuté ce pauvre Ethan au cours d'un rituel satanique. Cela expliquerait les inscriptions sur le mur de ton salon. Le journal n'en parlait pas, mais je suis certain que *même* la police de Brockton a remarqué ces écrits… »

Elle ne releva pas la remarque sur la police de Brockton – Dieu seul savait ce qu'il avait contre elle – et demanda :

« Qui est Gilbert Marsala ?

— Celui qui nous pourchasse. »

Elle le dévisagea un long moment en silence, effarée.

« Et comment le sais-tu ?

— J'ai reconnu sa photo dans le journal. Je veux dire, le portrait-robot. C'est l'homme qui a provoqué l'accident de bus. Je ne te l'avais pas dit ? ajouta-t-il d'un air innocent.

— Non, fit-elle d'un ton sec. Tu m'as même induite en erreur en me parlant de sa calvitie.

— Oui, je n'ai jamais pu résister au plaisir d'un bon mot.

— Tu l'as seulement décrit. Il n'était pas question de photo ou de dessin…

— Je ne suis pas entré dans les détails.

— Où est ce fichu journal ? soupira Kerry.

— Oh, je l'ai laissé au restaurant. Fais-moi confiance, je suis sûr que c'est lui. Lui et Regina…

— Quoi ? Qu'y avait-il entre eux ? »

Sans un mot, il se gara au bord de la route, posa ses bras sur le volant et y enfouit son visage. Si elle s'était trouvée en présence d'un humain, elle aurait pu croire qu'il allait tomber en syncope.

Ce qui, tout bien réfléchi, n'avait rien de rassurant.

Il n'a pas absorbé de sang depuis deux nuits, calcula-t-elle.

Certes, il lui avait indiqué qu'il pouvait survivre ainsi longtemps sans souffrir de la faim, mais quelle raison avait-elle de le croire ?

« Ethan ? » murmura-t-elle, pas très sûre qu'attirer son attention en l'occurrence fût la meilleure chose à faire.

Il cligna les yeux, la regarda, ébahi, comme

s'il sortait d'un rêve, puis s'engagea de nouveau sur la route. En lisière de la ville, il s'arrêta sur le parking d'une supérette et se dirigea vers une cabine en la traînant par la main.

« Qui appelles-tu ? » demanda-t-elle lorsqu'il en referma la porte, brisant pour la première fois le silence qui s'était installé entre eux, comme le fantôme de Regina.

Toujours en silence, elle le vit composer le numéro des renseignements.

« Je voudrais le numéro et l'adresse de Gilbert Marsala, s'il vous plaît. »

Kerry entendit l'opératrice déclarer qu'elle n'avait pas le droit de donner les adresses.

« Je comprends très bien, répondit Ethan d'un ton raisonnable. Je voudrais juste être certain d'avoir le numéro de Gilbert Marsala *Junior*, et pas celui de son père.

— Nous n'avons qu'un seul abonné à ce nom, monsieur, et il habite Canal Street. »

Adressant un clin d'œil victorieux à Kerry, Ethan dit d'une voix contrariée :

« Le problème, c'est que les deux sont dans la même rue…

— Celui-ci est au 147 », dit une voix impatiente au bout du fil.

Sans doute était-elle censée traiter une demande en un temps précis, et Ethan lui gâchait-il sa moyenne.

« C'est bien lui. Merci beaucoup ! »

Il ne prit pas la peine de noter le numéro de téléphone.

Une fois retournés à la voiture, elle lui posa la question qui lui brûlait les lèvres depuis qu'ils avaient quitté Rochester.

« Qui est cet homme, Ethan ? »

Pour la première fois depuis qu'elle le connaissait, il parut chercher ses mots, pris de court.

« Désolé, dit-il, s'excusant aussi pour la première fois, j'avais oublié que… »

… *que tu as failli tomber dans les pommes tout à l'heure, quand j'ai parlé de Regina*, compléta Kerry.

« … je ne t'avais encore rien dit. C'est un prof de l'université. Il enseigne l'anglais, dans la journée et en C.S. »

Devant son air ébahi, il s'expliqua :

« En cours du soir.

— Ah, bon. Mais alors, Regina était vraiment enseignante ? »

Elle s'en voulut immédiatement d'avoir évoqué le nom de cette femme, mais Ethan se contenta de sourire :

« Oui, et j'étais *vraiment* étudiant. Pas à plein temps, bien sûr. Marsala était coordinateur adjoint des cours du soir, et Regina faisait partie de son équipe. Une nuit, tous les étudiants avaient eu la permission de sortir plus tôt, car une tempête de neige était annoncée. Tous, sauf ceux de M. Marsala. C'est à cette occasion que Regina me l'a montré, ce raseur tyrannique, comme nous le croisions dans un couloir.

— Je vois que tu n'aimes pas les résumés et les explications de texte… »

Ethan haussa les épaules.

« Alors, c'est donc lui ce fameux professeur dont M. Lav'o Matic parlait ? Et tu étais au courant depuis le début ?

— Disons que je m'en doutais un peu, fit Ethan avec un sourire fat. C'était la seule personne qui connaissait suffisamment Regina pour savoir son adresse. C'était sans doute lui le cerveau de la bande ; les autres étaient trop stupides pour avoir pu remonter jusqu'à moi. »

Kerry prit une profonde inspiration et posa la seule question qui comptât pour elle :

« Et tu crois qu'il tient ma famille ?

— Oui, dit-il, pour une fois sans détour.

— Chez lui ou ailleurs ? insista-t-elle.

— Difficile à dire.

— Qu'est-ce qu'on fera lorsqu'on arrivera chez lui ? Tu ne veux pas me le dire parce que ça ne va pas me plaire, c'est ça ? »

Mais il se contenta de sourire de façon exaspérante.

« Je déteste ces petits airs mystérieux ! » s'écria-t-elle en se tournant vers lui.

Elle bouda jusqu'à ce qu'il ait atteint Canal Street.

Si jamais il me pose une question, je lui réponds avec le même sourire niais.

Il n'était que six heures trente, et toutes les fenêtres étaient encore éclairées ; les gens allaient probablement passer à table. La maison du 147 était la seule à être plongée dans le noir. C'était une bâtisse d'un seul étage, presque trop anodine pour la demeure d'un homme dont les passe-temps consistaient à décapiter les vampires ou à provoquer des accidents de bus.

Ethan passa lentement devant la maison, sans s'arrêter.

« Qu'est-ce qu'on fait ?

— Le tour du pâté de maisons. »

Au deuxième passage, il se gara devant le numéro 147 ; toujours pas de lumière.

« Il n'y a personne, affirma Ethan.

— Et alors ? Tu ne comptais tout de même pas frapper à la porte et lui demander de te laisser entrer ? »

Silence

« Mon père et mon frère sont peut-être à l'intérieur, prisonniers, continua-t-elle. Je ne pense pas qu'il aurait laissé la lumière pour eux. »

Elle ne crut pas bon d'ajouter que Ian avait peur du noir.

« S'ils étaient là, j'entendrais battre leur cœur.

— De l'extérieur ? Avec le moteur ? »

Où sont-ils, alors ?

« Oui.

— Même s'ils sont à la cave ? Dans un placard ? Tu sais, ces placards insonorisés, avec des murs très épais, et…

— Kerry, je t'assure qu'il n'y a personne dans cette maison, dit-il en enclenchant la première vitesse pour repartir.

— Non ! »

Il l'attrapa par l'épaule, s'imaginant sans doute qu'elle voulait ouvrir la portière et s'enfuir – ce qui n'aurait pas été bête.

« On va se garer plus loin… »

Les mots firent leur chemin dans sa tête.

« On va entrer, finalement ?

— C'est ce que tu veux, non ? lui lança-t-il avec un regard où flottait encore une vague inquiétude. On va laisser la voiture plus loin, de manière qu'il ne se pose pas de question quand il rentrera chez lui. »

Elle opina, se demandant s'il ne disait pas tout cela pour la calmer.

Finalement, il la lâcha.

Une fête avait lieu dans le quartier. Ethan en

profita pour se garer discrètement, derrière les voitures des invités.

Ils retournèrent à pied jusqu'à la demeure de Marsala. Le jeune homme enfila des gants de peau et sortit son nécessaire de cambrioleur de la poche intérieure de son blouson, avec le geste professionnel d'un cadre supérieur dégainant son agenda. Avec sa coupe de cheveux et sa chemise blanche, il pouvait faire illusion.

La porte s'ouvrit bientôt avec un petit déclic ; il lui chuchota de ne toucher à rien – comme si elle était assez bête pour laisser ses empreintes ! – puis ils pénétrèrent dans une entrée sombre et durent choisir entre deux escaliers : l'un menait à une mezzanine, où se trouvait la pièce de séjour, l'autre descendait vers la cave.

Ethan ferma la porte, puis attendit que les yeux de Kerry s'habituent à l'obscurité, les siens perçant sans doute déjà les ténèbres comme ceux d'un chat.

« Personne.

— Il les a… » Le mot était depuis si longtemps dans sa tête qu'elle put enfin le prononcer :

« … tués ?

— Pas ici, en tout cas. »

Il la tint par la main, et ils examinèrent ensemble la maison, pour la rassurer.

Au sous-sol, ils ne trouvèrent que de petits cartons soigneusement empilés. Rien à voir avec le bric-à-brac de chez Regina. Chacune des boîtes était étiquetée, et Kerry put lire, à la lueur du soupirail : *Toussaint, Noël, Pâques.* La jeune fille fit tout de suite le rapprochement avec le patron de la laverie, et ses livrets religieux.

« Il n'y a rien sur la Saint-Valentin, remarqua-t-elle. Peut-être n'est-il pas marié ?

— Je crois que sa femme est partie vivre dans un endroit comme Tahiti, deux ou trois ans avant que j'arrive à Brockton. »

Ainsi, les Marsala et les Nowicki ont quelque chose en commun : une épouse qui s'en va un jour, pour vivre au soleil. Et ma mère au fait ? Est-ce que la police l'a prévenue ? S'inquiète-t-elle pour moi ?

« Quand tu as parlé de Marsala junior, tout à l'heure, c'était une blague ?

— Pas que... »

Il s'interrompit en voyant le gros camion rouge posé sur une pile de boîtes : *Livres de Joe, Trophées de Joe, Bulletins scolaires de Joe, Vêtements...*

« ... je sache », acheva-t-il.

Il passa l'index sur le dessus de la pile, puis se frotta les doigts. Même sans la voir, elle devina que tout était couvert de poussière.

« Que se passe-t-il ? demanda-t-elle, étonnée de le voir aussi pensif. Qu'as-tu découvert de si spécial ? »

Il secoua la tête et passa rapidement en revue les autres pièces : une buanderie, contenant un petit sauna et quatre bicyclettes. Au pied de l'escalier, il la poussa du coude.

« Je ne vois rien, lui fit-elle remarquer.

— Il y a une étagère sous les marches. Et en dessous une bombe de peinture rouge. »

Elle approcha prudemment son visage, prenant bien garde à ne poser ses doigts nulle part.

« C'est vrai, reconnut-elle. Mais ça ne veut rien dire. C'est une couleur très utilisée… »

Mais dans le fond, elle était convaincue.

« Nous n'aurons même pas à fabriquer de fausses preuves, se réjouit-il. Allons visiter le premier. »

Des trois chambres, l'une servait de bibliothèque – peu de romans, remarqua-t-elle – et dans l'autre il y avait un lit. La troisième était vide.

Le salon contenait encore d'autres livres, mais pas de disques ni de chaîne stéréo. Un piano trônait au milieu de la pièce, le couvercle du clavier rabattu, et le porte-partition rempli de photos. Celui qui jouait de cet instrument avait dû quitter la maison, ou bien cessé de jouer.

Comme Ethan prenait l'une des photos, Kerry regarda par-dessus son épaule. Un homme assez âgé pour être le professeur Marsala avait passé le bras autour des épaules d'un jeune homme – sans doute le fameux Joe – vêtu d'un

T-shirt portant les couleurs de l'équipe d'athlétisme du lycée. De la main droite, il brandissait une coupe. Les deux hommes arboraient un sourire ravi ; même en image, la bonne humeur du jeune homme était contagieuse.

Le vampire la reposa et en prit une autre, qui gisait sur le piano, face cachée. Cette fois Joe portait le gilet, la montre et les grandes oreilles du Lièvre de Mars d'*Alice au pays des merveilles.* Kerry se rappela avoir assisté à la pièce avec son école, trois ans auparavant. Elle mit quelques secondes à réaliser qui était la femme au T-shirt annonçant « Metteur en scène », accrochée jalousement au bras du jeune homme.

Regina !

Pour une fois, Ethan semblait partager la perplexité de Kerry. Puis il brisa soudain le cadre sur le bord du piano, et le jeta à terre.

« Désolé », fit-il en la voyant sursauter.

Le bref éclair de rage disparut de son visage.

« Tu le connaissais ?

— Jamais vu de ma vie », répondit-il en la regardant dans les yeux.

12

UN PLAN HABILE

« Et maintenant ? demanda-t-elle, une fois de retour dans la voiture.

— Essayons d'aller chez moi. J'ai l'impression qu'il est seul, et qu'il n'osera pas m'attaquer sur mon territoire. »

Ils firent trois fois le tour du pâté de maisons, afin de vérifier qu'aucun véhicule suspect n'était garé dans les environs.

« Pas de battements de cœur ?

— Non », répondit-il.

La maison était vide : aucun chasseur de vampires embusqué, pas de message sur le mur offrant un échange entre les otages et le mort vivant…

Elle avait du mal à croire qu'elle avait épié Ethan et Regina par cette même fenêtre, seulement deux jours auparavant. Maintenant, c'était à elle que le jeune homme faisait les honneurs du propriétaire. Le décor était élégant. On y sentait le luxe et l'aisance, mais de façon moins tape-à-l'œil que chez Regina. Il se dirigea vers le piano à queue. Comme sur celui des Marsala, aucune partition n'était visible, mais il n'était pas couvert de poussière.

« Tu sais jouer ?

— Oui. »

Il s'assit et commença à exécuter un morceau classique, quelque chose d'entraînant et de subtil, qui rappela à la jeune fille la bande-son d'un film qu'elle avait vu récemment.

« C'est… Beethoven » ? demanda-t-elle, citant le seul musicien classique qui lui venait à l'esprit.

Il fit une grimace douloureuse.

« Mozart », la corrigea-t-il, sans qu'elle sût ce qui l'avait fait tiquer : son aversion pour Beethoven, ou l'ignorance de la jeune fille.

« Il est de ton époque ?

— Mozart est intemporel. »

Il entama une autre pièce.

« Ça, c'est Beethoven.

— Comment devient-on un vampire ? »

La musique ne lui avait pas fait perdre sa méfiance, car il répondit :

« Tu n'as absolument aucune raison de le savoir.

— Le professeur Marsala semble croire que c'est un processus assez long, que l'on peut être mi-humain mi-vampire, puisqu'il a percuté le bus en plein jour. Ou bien il pense que tu fais partie de ma famille, et le message sur le mur de mon salon t'est adressé.

— Dans les deux cas, il se trompe. Il faut quelques secondes pour devenir un vampire, pas plus. »

Il se mit à jouer une valse avec une rapidité ahurissante, puis passa à un air plus ancien, aux accents nostalgiques.

Elle attendit qu'il se mette à chanter, mais en fut pour ses frais.

« Est-ce qu'on choisit de se transformer ? Ou est-ce que c'est comme une maladie ?

— Il y a toujours un choix. D'une manière ou d'une autre. »

Il posa les deux coudes sur le clavier, plaquant un accord affreusement discordant.

« Parfois les gens s'aperçoivent qu'une de leurs connaissances est un vampire, et lui demande de les mordre. Pour connaître l'immortalité. Crois-moi, tu n'en as vu que les pires côtés ces deux derniers jours. En règle générale, c'est une vie qui ne manque pas de charme. Parfois, dans un couple, lorsqu'un des deux devient un vampire, l'autre choisit de le rejoindre... »

Regina ? pensa Kerry.

Comme il se remettait à jouer, elle voulut changer de conversation :

« Qui est le plus vieux, toi ou l'Amérique ?

— Cela dépend de quoi tu parles, de la découverte du continent par Christophe Colomb, ou par les Vikings ? Je plaisante », ajouta-t-il, tandis qu'elle calculait que, s'il n'avait pas menti, Ethan avait entre trois cent cinquante et mille ans.

Mais avec lui, rien n'était jamais certain.

À minuit passé, elle décida qu'elle en avait assez d'attendre.

« Pourrais-tu me dire quel plan tu comptes suivre ? Et, inutile de commencer par "ça ne va pas te plaire", je le sais déjà.

— Eh bien, dit-il en regardant sa montre, je pensais te jeter en pâture aux loups.

— Tu peux être un peu plus clair ? demanda-t-elle, admirant en même temps son propre calme.

— Lorsque tu m'as affirmé pouvoir m'aider, tu as dit que tu pouvais aller dans des endroits qui m'étaient interdits. Voilà une occasion de le prouver. Si nous essayons de mettre la main sur le professeur, il risque de faire une grosse bêtise.

— Comme quoi ?

Elle pensa à un dessin de bande dessinée, représentant Marsala assis sur une pile de dynamite, avec un détonateur à la main.

« Apparemment, il n'est pas chez lui. S'il s'est réfugié, comme je le pense, dans un lieu public – bar, discothèque, que sais-je… –, il peut se mettre à crier pour attirer l'attention sur nous, nous accuser d'être les auteurs de l'accident de bus, ou bien dire que c'est lui, mais qu'il voulait nous capturer… Il peut également hurler à tout vent qu'il a des preuves que nous sommes les assassins de Regina, que j'ai voulu lui voler son portefeuille… Bref, il fera n'importe quoi pour attirer l'attention de la police, et ce jusqu'au lever du soleil.

— Je te suis.

— Tout ça n'aura lieu que si nous le cherchons tous les deux.

— C'est ça que tu appelles me jeter en pâture aux loups ? dit-elle d'un ton qu'elle voulait détaché.

— Si tu entres en contact avec lui toute seule, dit-il avec un sourire carnassier, il ne fera pas de scandale. Il saura que, même s'il réussissait à se débarrasser de toi définitivement, il perdrait toute chance de me capturer. Cela m'étonnerait que ça lui plaise.

— Et si tu le cherches tout seul, au lieu que ce soit moi ?

— C'est une mauvaise idée pour plusieurs raisons : premièrement, il se peut qu'il ne croie pas que tu sois un vampire. À mon avis, il t'utilise pour remonter jusqu'à moi.

— Et deuxièmement ? demanda-t-elle en imitant son sourire hypocrite.

— Disons que je n'ai pas envie de prendre le risque à ta place. Quelle raison te plaît le plus ?

— La première, je crois.

— Bien. Notre but est de découvrir où il se terre, puis de le faire sortir de sa cachette. Le seul moyen est de lui dire que tu m'as capturé.

— Bravo, Ethan ! fit-elle d'un ton ironique. C'est en effet très vraisemblable.

— Je t'avais attachée pendant que je dormais. Mais tu t'es libérée, et tu as réussi à verrouiller le couvercle de mon cercueil et…

— Tu dors dans un cercueil ?

— Non. Donc, je suis prisonnier et tu le cherches. Tu lui expliques que mon intention était de le traquer, et que c'est la raison pour laquelle tu as pensé à lui. Tu veux l'avertir ; c'est le seul homme prêt à croire à l'existence des vampires ; ensuite, tu veux qu'il fasse le sale boulot. Tu veux qu'il m'exécute.

— Et où seras-tu pendant ce temps ?

— Chez moi. Comme tu le lui auras dit. Sauf que je serai… un peu plus d'attaque qu'il ne s'y attendra.

— Est-ce que tu vas le tuer ? »

Même après ce qu'il avait fait à sa famille, après l'histoire de l'autobus, elle ne pouvait se résoudre à être complice d'un meurtre.

« Bon sang, Kerry, ne joue pas à l'enfant !

— Tu as raison, dit-elle, les larmes aux yeux.

— Je ne t'apprendrais rien non plus si je te disais que cet homme me tuerait s'il en avait l'occasion, et toi aussi sans doute. Quoi qu'il te dise ce soir, il ne te laissera pas vivre.

— C'est bon, j'ai compris, s'écria-t-elle. Je vais le faire. Je pense que c'est un mauvais plan, qu'il y a trop d'invraisemblances, de détails qu'il n'avalera jamais dans cette histoire. »

Ethan écarta les bras, l'air de dire : « Je suis ouvert à tes suggestions. »

Elle n'en avait aucune.

Kerry prit conscience de la première faille du plan au moment où elle fit démarrer la voiture. Ils avaient établi tous deux une liste d'endroits où Marsala était susceptible de passer la nuit, et parmi eux figurait le supermarché où Kerry travaillait, ouvert vingt-quatre heure sur vingt-quatre.

Génial, à un détail près : tout le monde me connaît, là-bas, et sait que je n'ai pas mon permis.

Elle décida de passer au bar du restaurant universitaire, où le professeur connaissait sans doute des personnes prêtes à l'aider s'il était attaqué par un inconnu aux longues dents.

Elle dut jouer des coudes au milieu de la foule du samedi soir, s'arrêtant devant chaque table pour vérifier que l'homme dégarni qu'elle avait vu sur la photo ne s'y trouvait pas.

Alors qu'elle sortait bredouille, elle pensa que Marsala n'allait sans doute pas passer toute la nuit au même endroit, et qu'elle devrait repasser au restaurant universitaire plus tard dans la nuit.

Puis elle essaya les autres restaurants.

« J'ai rendez-vous ici avec quelqu'un, puis-je voir s'il est là ? »

Personne.

Pour les bars, ce fut plus difficile. Dès qu'elle entra dans le premier, le barman s'écria :

« Papiers !

— Je vous demande pardon ? » demanda Kerry, qui n'avait pas l'intention de commander.

Elle vit des visages ironiques tournés dans sa direction.

« Papiers d'identité ou permis de conduire. Il faut avoir vingt et un ans, c'est la loi de l'État de New York.

— Je n'ai pas vingt et un ans, balbutia Kerry.

— Sans blague. Alors, vous n'avez pas le droit d'être ici.

— Je cherche… mon père.

— Il n'est pas là. Allez, sortez avant que j'appelle quelqu'un.

— Comment savez-vous qu'il n'est pas là ?

— Ils n'ont pas des têtes de pères de famille. Allez ouste ! »

Lorsqu'elle le vit adresser un signe vers le fond de la salle, elle s'éclipsa.

Dans le deuxième bar, ce fut pire encore. Une femme, sans doute la gérante, se précipita vers elle dès qu'elle passa le seuil.

« Je cherche mon père, dit-elle. S'il vous plaît. »

Elle fut très satisfaite du ton désespéré qu'elle avait adopté. Apparemment, la gérante y fut sensible, car son visage s'adoucit.

« Ma pauvre chérie ! » s'écria-t-elle.

Kerry en rajouta encore, prenant une mine éplorée. La femme passa avec elle toutes les pièces en revue, puis lui proposa d'appeler la police.

« Non, ne vous en faites pas, dit Kerry. Il finit toujours par revenir à la maison. »

Elle écuma tous les supermarchés, supérettes, puis retourna à son point de départ et recommença.

Vers quatre heures, épuisée, découragée, elle entra de nouveau au restaurant universitaire.

Assis à une table, au beau milieu de la pièce, se trouvait le professeur Gilbert Marsala.

13

MARSALA

De la foule qui se pressait là deux heures auparavant ne subsistait qu'une vingtaine de personnes, réparties en deux tablées et quelques individus isolés. L'un des groupes s'était agglutiné devant un poste de télévision, où passait un pastiche de film d'épouvante, *L'Attaque des tomates tueuses.* L'autre s'était réuni autour d'une table et débattait chaudement du titre du prochain journal du campus. Une fille solitaire récitait des poèmes sur la méchanceté des hommes en s'accompagnant à la guitare. Dans un coin, un couple se tenait la main, la fille pleurait à chaudes larmes tandis que son compagnon tentait probablement de la consoler. Le caissier, lui-même sûrement un étudiant, était perché sur un tabouret, une cigarette au bec comme pour narguer le panneau : *Interdit de fumer* juste au-dessus de sa tête, et tapotait avec passion sur une miniconsole de jeu qui émettait parfois de petits signaux ou des rengaines suraiguës.

Penché sur un livre, une pinte de bière devant lui, Marsala semblait plus mince que sur la photo, et plus dégarni aussi, mais Kerry n'eut aucun doute sur son identité. De temps à autre ses yeux se levaient de son ouvrage et faisaient nerveusement le tour de la pièce. Lorsqu'il vit Kerry s'approcher de sa table, il sembla hésiter un instant, regardant autour de lui comme pour chercher de l'aide.

Elle tendit les mains en avant et les retourna pour lui prouver qu'elle n'avait pas d'arme. Puis elle désigna l'entrée derrière elle pour lui montrer qu'elle n'était pas suivie.

Malgré la tension qui se lisait sur son visage, il la laissa s'approcher.

« Je suis seule, le rassura-t-elle dès qu'elle fut à portée de voix. Puis-je vous parler ? Nous pouvons rester ici, ça me convient très bien. »

Il ne ressemblait pas à l'image qu'elle s'était faite de lui. Elle s'était imaginé une sorte de fou, ravagé par les tics nerveux, les yeux luisants de rage. Une rage suffisante pour s'en prendre à un bus d'enfants, ou kidnapper un petit garçon et son père.

Elle s'assit en face de lui, plaçant ses paumes à plat sur la table, bien en vue.

« Où est ma famille ? demanda-t-elle.

— Je ne sais pas. »

Elle devina qu'il allait tout nier, prétendre qu'elle divaguait. Aussi fut-elle surprise lorsqu'il ajouta :

« Chez eux, j'imagine. Ou bien à l'hôpital. À moins qu'ils ne les aient retenus au commissariat. Moi en tout cas, je les ai relâchés. »

Elle ne savait que croire, mais cette nouvelle, vraie ou fausse, lui mettait trop de baume au cœur pour qu'elle le contredise.

« Je ne suis pas un vampire, dit-elle, tout en remarquant la petite lueur incrédule au fond de ses yeux. Faites-moi subir tous les tests que vous voulez.

— Vous étiez avec eux, rétorqua-t-il sans trahir la moindre émotion.

— C'est vrai – *à quoi bon le nier ?* pensa-t-elle –, j'étais en compagnie de Regina et Ethan. Je ne les avais jamais rencontrés avant jeudi soir. Je ne savais pas qu'ils n'étaient pas humains.

— Ils ont tué tous mes amis, continua-t-il d'une voix plate. Phil, George, Ken, Danny et Marcia.

— Je le sais aussi, admit-elle, sachant qu'elle aggravait son cas. Je veux dire, je l'ai appris après.

— J'ai tout vu, affirma-t-il, et pendant un instant elle crut qu'il parlait du meurtre. Je l'ai vu vous conduire chez lui, vous présenter à cette femme…

Il avait dû se poster devant la maison d'Ethan ce soir-là, conclut-elle.

« … Je l'ai vu nettoyer le sang dans la voiture, puis vous ramener chez vous, comme s'il était votre chauffeur particulier.

— C'était son sang, rétorqua-t-elle, sans trop savoir s'il croyait que le vampire l'avait mordue dans la voiture, et qu'elle avait ensuite participé au massacre. Le sang d'Ethan. Vos amis allaient le tuer, et je suis arrivée au beau milieu de cette scène, sans comprendre. J'ai cru qu'ils étaient fous, et qu'ils s'apprêtaient à assassiner un innocent.

— Ce n'est pas un innocent.

— Maintenant, je le sais, fit-elle en appuyant son propos d'un hochement de tête.

— Est-ce qu'il a bu votre sang ? »

Il tendit la main pour écarter les cheveux de son cou, mais interrompit son geste, le trouvant peut-être déplacé, ou inutile – si elle était devenue un mort vivant, les marques auraient déjà disparu.

Elle découvrit elle-même sa gorge.

« Non, dit-elle fermement.

— *Elle* a bu le sang de Joe. »

Kerry eut la sagesse de ne pas l'interrompre.

« Je l'ai vu se transformer.

— Vous l'avez... vu ? fit-elle d'une voix étranglée.

— Cela a pris du temps. Quatre, cinq mois depuis leur première rencontre.

— Non », répondit Kerry.

Mais avant qu'elle ait pu lui expliquer que cela ne prenait que quelques secondes, il poursuivit :

« Au début nous ne savions pas. Il y avait toutes ces répétitions, deux fois, puis trois fois par semaine. Les deux dernières semaines, c'était tous les soirs. C'était un rythme absurde pour une simple pièce scolaire, comme si le théâtre était plus important que faire ses devoirs. Mais bien sûr, après la représentation, ce n'était pas fini. "Je sors", disait-il tous les soirs. Il voulait nous faire croire qu'il fréquentait une fille de la troupe, puis Patty, ma femme, et moi avons découvert qu'il s'agissait du metteur en scène. Cette Regina. "Elle est plus vieille que moi !" s'était écriée Patty. Mais lui s'en moquait. Il avait été mordu.

— Je ne vous suis pas très bien, intervint Kerry.

— Elle l'a encouragé à nous mentir. Elle l'a

entraîné à fumer, à boire de l'alcool, alors qu'il était mineur. Il n'avait jamais fait cela auparavant. Quant à ses notes... Il était le premier de sa classe, collectionnait les vingt sur vingt. Et soudain, ses résultats se sont mis à chuter de façon vertigineuse, il accumulait les absences. Il laissa tomber ses anciens amis, ses anciennes activités. Il faisait la bringue toute la nuit, et refusait de se lever le matin. Il répondait à sa mère, m'envoyait sur les roses. Nous ne savions pas qu'il s'agissait des effets de la morsure. Il était en train de se transformer sous nos yeux, sans que nous en ayons conscience. Puis j'ai décidé de le suivre. Et j'ai tout vu. »

Elle secoua la tête, mais il pointa l'index dans sa direction pour lui imposer le silence.

« Je ne savais pas comment y mettre un terme. Maintenant, si. »

En décapitant Regina.

Elle pesa soigneusement ses mots, incapable de dire la vérité :

Votre fils était tout simplement en train de grandir, et il a fait quelques bêtises. Vous confondez crise d'adolescence et vampirisme.

Son histoire entière n'était qu'un méli-mélo de réalité et de suppositions, de culpabilité et de chagrin.

« Ça ne se passe pas comme ça. On est ou pas un vampire, ça ne prend pas des mois.

— C'est lui qui vous a raconté cela ?

— Oui.

— Et vous croyez tout ce qu'il vous dit ?

— Pas tout, mais…

— Ne prêtez foi à rien. Je ne sais pas ce qu'il a pu vous promettre. Prenez mon fils. Lorsqu'ils l'ont eu pressé comme un citron, lorsqu'ils se sont lassés de jouer avec lui, ils l'ont tué. La police a conclu à un accident de voiture. »

Elle se rappela la façon dont Ethan lui avait raconté comment Regina et lui avaient disposé les corps des assaillants de la laverie, de façon à égarer les soupçons des forces de l'ordre. Il allait de soi qu'ils ne pouvaient pas abandonner dans la nature des cadavres exsangues. Il ne fallait pas que les gens commencent à se poser des questions.

Marsala hocha la tête, comme pour l'encourager à réfléchir.

« Il avait bu. La voiture a percuté un arbre. Mais je savais ce qu'il y avait là-dessous. Cette femme était diabolique. Elle avait monté notre fils contre nous. Je l'ai traquée, et j'ai découvert qui elle était vraiment. Je ne l'ai pas tuée tout de suite, car j'avais compris qu'elle n'agissait pas seule. “Attends un peu, elle va te mener aux autres”, me suis-je dit. Même Patty m'a pris pour un fou. Elle n'a pas eu la force d'admettre la vérité, et elle est partie. Mais je savais. Le soleil m'a donné raison. »

En un éclair, elle se rappela le corps calciné de la femme-vampire. Sans doute lut-il le dégoût sur son visage, car il ajouta :

« Alors, vous l'avez vue vous aussi ? Ne soyez pas désolée pour elle. À propos, savez-vous pourquoi la lumière du jour produit cet effet sur eux ? »

Elle secoua la tête.

« Parce que Dieu ne peut tolérer qu'une telle abomination puisse exister sous le soleil. »

Elle se mordit les lèvres pour ne pas lui demander pourquoi, dans ces conditions, il tolérait qu'elle existât sous la lune.

« Vous, dit Marsala en la montrant du doigt, vous êtes un cas intermédiaire. Comme Joe. Séduite par le charme du mal. »

Le mot « séduite » la fit rougir, ce dont il s'aperçut sans doute.

Il hocha la tête, trop obsédé par ses lubies pour comprendre les sentiments de la jeune fille.

« Battez-vous pendant qu'il en est encore temps. Je sais qu'ils ont planté leurs griffes en vous, mais il ne faut pas vous laisser faire…

— Ils ne m'ont rien fait du tout, protesta-t-elle. Et, à ce que je sache, ils n'ont pas percuté un bus rempli d'enfants, ou enlevé et menacé de sang-froid des gens innocents.

— Vous n'avez aucune idée de ce dont ils

sont capables, répondit-il sans prêter attention à son objection. Quel âge a votre ami, si jeune en apparence ? Cinquante ans ? Deux cents ? Multipliez ça par trois cent soixante-cinq nuits par an, et osez me traiter de criminel !

— Ils ne tuent pas toutes les nuits.

— Encore une de leurs confidences ? »

Certes, Ethan n'avait assassiné personne la nuit dernière, du moins à ce qu'elle savait. Mais la veille, il avait participé à l'exécution de cinq personnes, et cette nuit il comptait bien éliminer le professeur.

« Je ne veux pas discuter avec vous, dit-elle en se passant la main dans les cheveux. Je ne suis pas venue pour les défendre, et je ne suis pas un de leurs apprentis. Je veux seulement savoir si ma famille se porte bien. Si vous pouvez me donner une preuve qu'ils sont sains et saufs, je vous livre Ethan. »

Marsala la toisa.

« Alors comme ça les vampires ne mentent pas ?

— Je n'ai jamais dit ça, je…

— Et vous ? »

Elle se força à le regarder droit dans les yeux.

« Non.

— Alors vous avez raconté à votre père tout ce qui s'était passé jeudi soir. »

Elle détourna les yeux.

« Il… ne m'a pas posé de questions, et je ne lui ai rien dit.

— Vous n'appelez pas cela mentir ? »

Que pouvait-elle répondre ?

« Je voudrais que vous m'appreniez, dit-il, comment votre ami savait qui j'étais ?

— Il a vu votre photo dans le journal.

— S'il a lu le journal, continua-t-il avec un sourire sardonique, comment peut-il ignorer que votre famille est en sécurité ? »

Elle écarquilla les yeux.

« Quoi ?

— Vous ne lui avez pas posé de questions, et il ne vous a rien dit ? C'est ça ?

— Je ne comprends pas où vous voulez en venir.

— Ils étaient dans la voiture, déclara Marsala. Dans le coffre. S'ils ne sont pas rentrés chez eux à l'heure qu'il est, je présume qu'ils se trouvent sous la protection de la police.

— Vous… ! fit-elle en tentant de contrôler le volume de sa voix, vous êtes rentré à toute vitesse dans un bus après les avoir enfermés dans le coffre ? Vous auriez pu les tuer ! C'est un miracle qu'ils ne soient pas morts étouffés !

— J'ai tout fait de travers, admit Marsala. Je me suis rendu chez vous pour vous enlever. Lorsque votre père m'a appris que vous n'étiez pas encore rentrée, je les ai forcés à monter dans le coffre, sans aucun plan précis en tête. Puis j'ai vu le bus. C'était idiot, dangereux, tout ce que vous voulez. Je n'ai pas pensé aux enfants, je n'avais que vous en tête, vous en train de devenir comme Joe, en train de boire le sang des humains pendant des siècles. Je n'ai pas réfléchi à ce moment ni à votre famille, ni aux autres enfants innocents. Mais l'important est que, contrairement aux vampires, je n'ai tué personne. Les passagers du bus s'en sont sortis, et votre famille également. »

Marsala agita l'index.

« Et votre ami a cru bon de vous cacher cela ; il a dû estimer qu'il pourrait mieux vous manipuler ainsi.

— Il ne savait rien, et moi non plus. Si ça se trouve, ils sont tous deux morts et enterrés dans votre jardin ! »

Marsala pivota sur son siège et s'adressa au barman :

« Max !

— Ouaip ! répondit celui-ci, sans lever les yeux de son Gameboy.

— Tu as toujours le journal ? Tu sais, celui avec le portrait qui me ressemble ? »

Max appuya rapidement sur ses boutons avant de se pencher au-dessous du comptoir et d'en extraire le quotidien, qu'il lança sur la table.

Marsala déplia la page centrale. Il y avait la photo d'elle, le schéma de l'accident et le portrait-robot de Marsala. Le professeur indiqua du doigt un paragraphe de la première colonne : «… *Stephen et Ian Nowicki, disait l'article, ont été retrouvés ligotés et bâillonnés dans le coffre, choqués mais indemnes.* » La suite racontait comment un homme portant un passe-montagne et armé d'un revolver s'était introduit dans la maison et leur avait demandé où se trouvait la jeune Kerry Nowicki. Apprenant qu'elle était à l'école, il les avait attachés, avait fouillé la maison, saccagé le salon, puis les avait forcés à monter dans le coffre de la voiture familiale.

Stephen avait témoigné qu'il avait senti le véhicule déraper et percuter quelque chose à plusieurs reprises. Puis il avait perdu connaissance en se cognant la tête contre un démonte-pneu, sans doute au cours du choc contre le bus ou la borne d'incendie. Lorsque les secours étaient arrivés sur les lieux, seul le petit garçon était conscient, mais comme l'homme lui avait ordonné de « se taire, sinon… », il était resté coi. La police avait emmené la voiture dans une fourrière, et c'est là que le père s'était éveillé. Mais personne n'entendit ses appels à l'aide. Il fallut attendre neuf heures du soir, lors de l'enquête de routine, pour que les forces de l'ordre ouvrent enfin le coffre.

Lorsqu'elle releva les yeux, Kerry rencontra le sourire triomphant de Marsala.

« Il savait tout, murmura-t-elle.

— Il a dû penser que c'était sans importance. »

Elle ne se rappelait plus le nombre de fois où il avait habilement esquivé toute discussion sur le sort des siens, malgré l'angoisse qu'elle manifestait. Combien de fois aurait-il pu la rassurer, d'un simple : « Pas de problème, ils sont libres. »

Elle se sentait soulagée et trahie à la fois, entre les larmes et la joie.

« Ils sont fourbes, dit Marsala. On ne peut pas leur faire confiance. Ils ne pensent pas comme nous, ne se considèrent même pas comme des humains. Ce sont des animaux, répugnants et dangereux. »

Il prit les mains de Kerry dans les siennes. La paume était rugueuse comme celles d'un menuisier.

« Voulez-vous m'aider à les empêcher de tuer d'autres innocents ? Ou êtes-vous ici pour le défendre ?

— Il savait tout depuis le début, répéta Kerry. Il m'a vue pleurer, et il n'a rien dit. Rien fait. »

Elle leva les yeux vers cet homme à qui les vampires avaient pris un fils et, d'une certaine façon, une épouse. Cet homme qui venait de traverser trois années d'enfer, à essayer de faire partager aux autres son terrible secret, et qui n'avait reculé devant rien pour se venger.

« Il voulait que je vous tende un piège. Je devais vous convaincre de venir chez lui, où il vous aurait tué.

— Très bien, commenta-t-il.

— Vous trouvez ? »

Un sourire effleura ses lèvres et, en un éclair, elle retrouva l'homme qu'elle avait vu en compagnie de son fils Joe, sur la photo.

« Je ne trouve pas *très bien* qu'il cherche à me tuer. Je me réjouis seulement que vous me l'ayez dit. Je crois que vous et moi avons entendu assez de mensonges comme ça. Alors je vais vous dire la vérité, Kerry : même si vous avez été l'âme la plus charitable du monde à son égard, il ne peut se permettre de vous laisser vivre. Maintenant, c'est à vous de décider qui doit mourir : lui, ou nous deux. »

14

LE CHOIX DE KERRY

Kerry lui raconta tout ce qu'elle avait appris sur Ethan. Il se montra sceptique sur certains points de son récit, sans qu'elle puisse déterminer s'il la prenait pour une menteuse ou une naïve. Lorsqu'elle eut terminé, elle ne savait plus elle-même que croire.

« Vous a-t-il révélé comment il comptait me tuer ? demanda le professeur.

— Non.

— Mais vous reconnaissez qu'il en a l'intention ?

— Il me l'a dit », fit-elle, mal à l'aise.

Elle était ni plus ni moins en train de lui

avouer qu'elle avait prémédité son assassinat, mais Marsala ne le releva pas.

« Rapprochez votre chaise », dit-il.

Kerry s'exécuta, non sans avoir vérifié d'un coup d'œil circulaire que personne ne les écoutait. Le couple du fond s'était réconcilié autour d'une assiette de frites, et les autres clients n'avaient ni décollé les yeux de l'écran, ni abandonné les négociations autour du nom de la prochaine gazette de la fac.

Lorsqu'il mit la main dans sa poche, tout en chuchotant « Surtout ne manifestez aucune surprise », elle comprit.

Il se contenta de sortir le pistolet de sa poche, pour le lui montrer, puis le rangea soigneusement.

« Je ne pense pas, dit-il sans grand espoir, que vous vous soyez déjà servie d'une arme... »

Elle fit non de la tête.

« Mais les vampires ne craignent pas les armes à feu, protesta-t-elle.

— À bout portant, les balles peuvent les ralentir. »

En un éclair surgit une autre scène de la laverie : Sidowski pointant son arme sur la tempe d'Ethan, «... ça fera de sacrés dégâts ».

Elle chassa cette image de son esprit.

« Ils guérissent vite, c'est vrai, mais pas en quelques minutes. En plus, je l'ai chargé avec des balles d'argent.

— Des balles d'argent ? Vous ne confondez pas avec les loups-garous ? »

Elle devina, en voyant la mine agacée du professeur, que ce n'était pas la première fois qu'on émettait cette objection.

« Les vampires ne supportent pas le contact du métal argenté et de l'ail. Cela ne les affecte pas autant que la lumière du soleil, mais ça en augmentera l'effet. »

J'en suis sûre, c'est vraiment un chasseur.

Elle savait que certaines superstitions étaient infondées, comme celle du miroir : n'avait-elle pas vu Ethan et Regina se réfléchir dans la grande glace du salon ?

D'un autre côté, Ethan ne lui avait jamais parlé des méfaits de ce métal sur les vampires. Peut-être était-ce justement la preuve que cette légende-là contenait une part de vérité…

Si c'était le cas, sans doute cela permettrait de le tuer plus rapidement, sans douleur.

« Je veux que vous preniez cette arme et que vous la cachiez sur vous. Vérifiez que votre poche est assez grande, sinon glissez-la dans votre ceinture.

— Dans ma… vous êtes fou ? Pas question !

— Il y a une sécurité, dit Marsala. Et puis, il y a sûrement de grandes poches dans ce blouson. »

Il y en avait, certes, mais le vêtement appartenait à Ethan, et cela la gênait.

« Je ne peux pas, dit-elle. Jamais je ne pourrai tirer sur quelqu'un.

— Même en sachant de quel monstre il s'agit ? Même en vous imaginant la cohorte d'innocents qu'il a froidement éliminés, et tous les autres qu'il attaquera un jour ? Et votre père, votre petit frère ? Vous pensez peut-être qu'il laissera des témoins – même indirects – derrière lui ? »

Devant cette virulence inattendue, elle se ratatina sur sa chaise.

« Je ne sais pas, dit-elle, mais je suis sûre que, même si je le voulais, je ne serais pas capable de le toucher. Je tire très mal, surtout sur des… »

Marsala avait sorti le pistolet de sa poche et le lui tendait sous la table.

« Prenez-le donc avant que quelqu'un ne l'aperçoive ! dit-il d'une voix sifflante. Je ne vous demande pas de vous en servir, mais de le transporter pour moi. »

Elle sentit sous la table le métal froid sur sa paume, et fut surprise par le poids de l'arme. Avec prudence, elle la glissa dans sa poche.

« Un chargeur supplémentaire. Glissez-le dans une poche extérieure, cette fois, mais du même côté.

— Pourquoi ?

— Du même côté pour le trouver plus facilement. À l'extérieur pour ne pas le faire tomber lorsque vous sortirez votre arme. »

Ces conseils paraissaient non seulement logiques, mais bien adaptés à sa maladresse.

« Si jamais vous devez tirer quand même... Ne secouez pas la tête ainsi, écoutez-moi, tête de mule ! Si donc vous devez faire feu, il faut retirer le cran de sécurité, qui se trouve à côté de la détente. Il faut le pousser avec le pouce. Quand le coup de feu partira, préparez-vous au recul. Pas besoin de retirer la sécurité chaque fois, mais relâchez la détente et pressez-la de nouveau. Compris ?

— Plus ou moins, répondit-elle d'une petite voix.

— Oui ou non ?

— Oui.

— Le chargeur contient neuf balles. Je ne pense pas que vous aurez à recharger, et je vous fais grâce des explications. »

Tant mieux.

Marsala posa de nouveau sa main sur la sienne. Elle eut envie de la retirer, puis estima que ce geste paraîtrait trop hostile.

« Je sais que ce n'est pas facile, dit-il, mais s'il parvient à me prendre par surprise, il me fouillera certainement. Les vampires sont tout, sauf des imbéciles.

— Je comprends. »

Elle dégagea sa main pour repousser une mèche de son front, puis croisa les bras.

« Tout ce que je vous demande, c'est d'être prête à me le tendre quand je vous le demanderai. Je ne dirai pas, bien entendu, "passez-moi le pistolet", pour ne pas gâcher l'effet de surprise. En tout cas, ne le laissez pas nous séparer.

— D'accord. »

Il se leva soudain.

« Autant nous mettre en route maintenant. Plus nous nous approcherons de l'aube, plus il va être nerveux et impatient d'en finir, et moins nous aurons de chance de retourner la situation. Restez sur vos deux jambes, ajouta-t-il en prenant son bras pour l'empêcher de perdre l'équilibre. Écoutez-moi bien. Tout est beaucoup plus simple que vous ne le croyez : il s'agit du bien contre le mal, même si ce dernier possède parfois de beaux atours…

— D'accord, j'ai compris », dit-elle sèchement en libérant son bras.

Il avait raison, pensa-t-elle, mais était-il nécessaire de jouer les pères-la-morale ?

« Ne le laissez pas mettre le doute dans votre esprit », la prévint-il une dernière fois.

La cafétéria du restaurant universitaire était située au beau milieu du campus, afin d'être accessible aux étudiants qui sortaient de cours ou habitaient dans la cité universitaire. En l'absence de parking proche, il était impossible de savoir à l'avance où s'était garé le professeur Marsala sans le filer dès la sortie du café.

C'était ce qu'avait dû faire Ethan, pensa-t-elle lorsqu'elle vit soudain surgir le vampire.

Elle n'avait rien vu, rien entendu, et soudain il était apparu, jaillissant de l'ombre alors que le professeur était occupé à ouvrir la portière de sa voiture. Avant même qu'elle ait pu crier, la main gauche du jeune homme était sous le menton de Marsala, tandis que la droite était placée sur la nuque, prête à la briser.

Ainsi, il ne lui avait pas fait confiance, et il avait eu raison. Elle sentit le rouge de la honte lui monter au visage. Sa vision nocturne était-elle assez sensible pour le repérer ?

« Je pourrais te tuer immédiatement, dit Ethan à Marsala, mais, par principe, je n'aime pas laisser traîner les cadavres dans les parkings. »

Le professeur regarda Kerry, mais resta muet. Ethan ne remarqua rien. La main gauche maintenant la tête du professeur en arrière, il fouilla ses poches de la droite, et s'attarda dans l'une d'entre elles.

Un second pistolet ? Marsala ne lui aurait-il pas fait confiance, lui non plus ?

Mais le jeune homme en sortit un objet plus petit, sans aucun reflet métallique. Il fallut quelques secondes pour que parvienne à ses narines le parfum d'une tête d'ail.

Ethan la laissa tomber au sol avec une légère grimace de dégoût, peut-être due à l'odeur.

« Montez à l'arrière, ordonna-t-il. Kerry, prends le volant. »

Marsala lui tendit les clefs, le visage impassible.

Que devait-elle faire s'il attaquait le professeur en chemin, et le vidait de son sang pendant qu'elle conduisait ? Le blouson, lesté par le pistolet, pendait à droite : le vampire ne risquait-il pas de s'en apercevoir ?

« Ethan ? Où va-t-on ? » demanda-t-elle.

Avait-il entendu le tremblement de sa voix ? Qu'en avait-il conclu ?

« Chez lui », répondit-il.

Si seulement elle savait déchiffrer ses expressions ! Avec Marsala, c'était plus facile : haine du vampire, tendresse pour son fils, joie et peur à la fois que la traque s'achève enfin… Mais rien ne filtrait sur le visage d'Ethan. Que ressentait-il ? De la colère contre l'assassin de Regina, la satisfaction de l'avoir capturé ou tout simplement la soif du sang ?

Et moi ? Que suis-je censée faire ?

Assise au volant, elle rencontra un nouvel obstacle.

« Il y a un levier de vitesse, expliqua-t-elle. Je ne sais pas bien les passer. Celle de mon père est automatique… »

Il lui expliqua patiemment comment appuyer sur l'embrayage, puis enclencher la première.

Après quelques essais infructueux et un démarrage catastrophique, il soupira :

« C'est bon, Kerry. Tu passes à l'arrière, et nous deux à l'avant. »

Ce disant, il poussa le professeur hors de la voiture. Une énorme boîte à outils occupait la totalité du siège passager. Lorsqu'elle voulut la déplacer, son couvercle se souleva, révélant une demi-douzaine de pieux acérés, longs d'une trentaine de centimètres, un maillet, un crucifix en argent et encore plusieurs têtes d'ail qui empestaient au fond de la boîte. Dans un des compartiments se trouvait une hachette, sans doute celle qui avait servi à décapiter Regina.

Lorsqu'elle vit cet outil barbare et qu'elle en devina l'usage, Kerry se sentit presque changer de camp. Ethan, de son côté, ne manifesta ni angoisse ni fureur. Son visage resta aussi inexpressif que celui d'un mannequin de cire.

« Range-la sur la banquette arrière, s'il te plaît », dit-il d'une voix parfaitement calme.

Elle saisit la boîte, lourde mais maniable et se poussa pour laisser le vampire s'installer au volant, traînant le professeur derrière lui.

Ce fut à ce moment-là, tandis qu'il était déjà monté dans le véhicule et tirait Marsala à l'intérieur qu'elle fit face à celui-ci et écarta les pans de son blouson. Elle sentit qu'il prenait le pistolet et le rangeait rapidement dans sa poche.

Ils se mirent enfin en route, Marsala à la place du mort, Ethan au volant et elle assise à côté du kit du parfait tueur de vampires.

15

LE DRAME

Tout en conduisant, Ethan surveillait attentivement Marsala, prêt à l'agripper s'il cherchait à sauter hors de la voiture, et à le repousser s'il l'attaquait.

Mais le professeur se tenait tranquille, tandis que Kerry, recroquevillée sur la banquette, ne savait plus dans quel camp elle se trouvait.

Si au moins elle pouvait retenir ses larmes…

Mais le simple fait d'y penser lui arracha un sanglot.

Elle se mordit les lèvres, essayant de toutes ses forces de se contrôler.

À ce moment Ethan se tourna vers elle, comme si son attention parvenait à la fois à se porter sur son prisonnier, sur la route et sur la jeune fille.

« Kerry ? Il t'a fait mal ? »

Avant même qu'elle ait pu répondre, il saisit la veste du professeur et le secoua si brutalement que sa tête heurta la vitre.

« Si jamais tu as posé la main sur elle…

— Non ! » s'écrièrent à l'unisson Marsala et Kerry.

Cette dernière ajouta :

« Tout va bien. »

Elle vit le regard sceptique du jeune homme dans le rétroviseur. Il ne lâcha avec réticence son prisonnier que pour rétrograder.

Incapable d'interpréter la réaction du vampire, elle plongea son visage entre ses mains, et ne se releva que lorsque la voiture s'engagea dans l'allée de la maison de Marsala.

« Dehors, ordonna Ethan au professeur, tout en le tirant de son côté. Toi, Kerry, tu restes ici.

— Non », répondit-elle.

Elle se doutait bien que le professeur lui avait recommandé de ne pas le quitter uniquement pour rester à portée de son arme. Pourtant, même sa mission remplie, elle sentit qu'elle ne pouvait l'abandonner.

Marsala était du bon côté, tenta-t-elle de se persuader, tandis que le jeune homme tournait des yeux bleus étonnés dans sa direction.

Souviens-toi des marais de Bergen. Souviens-toi de chez Regina.

« Si un voisin regarde par la fenêtre et me voit seule dans la voiture, il risque de se poser des questions, expliqua-t-elle.

— Très bien, dit-il d'une voix qui lui glaça le sang, dans ce cas, tu transporteras la trousse à outils. »

Avait-il compris son double jeu ? Avait-elle perdu sa confiance en ne le lui avouant pas tout de suite, en ne réclamant pas son pardon ?

Ne sois pas idiote, pensa-t-elle, *s'il te suspectait en quoi que ce soit, tu crois qu'il perdrait son temps avec toi en ce moment ?*

Cette fois-ci, ils entrèrent en utilisant la clef de Marsala, puis allumèrent la lumière.

« On monte », commanda Ethan.

Tandis que Kerry suivait les deux hommes, elle entendit le professeur demander d'une voix ironique :

« Tu comptes boire mon sang dans ma propre maison, vampire ? C'est ce qu'aurait aussi fait l'autre créature, la femelle. Je l'ai traquée pendant deux ans avant qu'elle me mène jusqu'à toi, et je connais bien ses habitudes. Elle avait un grand sens de l'ironie. »

Parvenu en haut de l'escalier, Ethan le poussa dans le salon.

« À moins que tu n'ordonnes à la fille de boire

mon sang ? C'est ainsi que s'achève la transformation, avec le premier meurtre ? »

Kerry déposa la trousse en haut des marches, se demandant s'il cherchait à gagner du temps ou s'il croyait sincèrement, malgré son aide, qu'elle avait été contaminée par le jeune homme.

« Personne ne va boire ton sang », répondit Ethan.

Il plaqua Marsala contre le mur, le tenant fermement aux épaules, ce qui l'empêchait de sortir son pistolet.

Il aurait dû le faire avant, dans la voiture, dans l'allée, ou en montant l'escalier.

Non qu'elle souhaitât la mort d'Ethan. Mais elle savait qu'il n'y avait plus d'autre issue.

« Je vois, dit calmement Marsala. Il s'agit juste d'une réunion entre amis. »

Comment pouvait-il être aussi sûr de lui ? Ignorait-il à quel point son adversaire était rapide ?

« Tout ce que nous voulons, c'est que votre décès ait l'air accidentel », le corrigea Ethan.

Il jeta un trousseau de clefs sur la table, sur lequel Kerry reconnut l'insigne de Ferrari – la voiture de Regina. Ainsi la police ferait-elle le lien avec sa disparition, même si son corps n'avait pas été retrouvé.

« Pourquoi tant de pudeur ? ironisa Marsala. Tu ne veux pas m'ouvrir les veines devant la jeune fille ? Tu ne veux pas qu'elle te voie les crocs et le visage dégoulinant de sang ? Tu as peur qu'elle ne te découvre tel que tu es, avant de devenir un monstre comme toi ? »

Sans attendre une réponse, Marsala cria :

« Kerry ! »

Elle sursauta en entendant son nom.

« Il y a un magnétophone dans la trousse, sous les pieux. Sors-le et appuie sur la touche play. »

Le visage d'Ethan exprima soudain la confusion.

Il ne s'en était pas douté.

Il lui avait fait confiance depuis le début. L'idée même ne lui avait pas traversé l'esprit.

Mais maintenant, il commençait à comprendre.

« Vas-y, ordonna Marsala.

— Non », dit Ethan.

Il ignorait quel plan avait concocté le professeur, ni quel rôle elle était censée y jouer. Mais il voulait savoir auquel des deux hommes elle allait obéir.

« Je suis désolée », balbutia la jeune fille.

Elle ouvrit la trousse à outils et en sortit une radiocassette, entourée de têtes d'ail.

« Kerry, ne fais pas cela », répéta Ethan, en la regardant intensément.

Elle mit en marche le magnétophone, et la bande commença à se dérouler avec un petit sifflement.

« Et maintenant, prends le pistolet. »

Elle leva la tête, affolée.

Pendant un bref instant, elle crut qu'il y avait une arme cachée dans la boîte, et qu'elle ne parvenait pas à la trouver. Puis elle vit les deux hommes bondir en même temps, et elle comprit. Le chasseur de vampire bluffait, mais Ethan ne le savait pas. Il lâcha le professeur et se précipita vers Kerry, tandis que dans son dos Marsala mettait la main dans sa poche.

Elle tomba à genoux et enfouit la tête dans ses mains, bien consciente que ce système de défense serait aussi inefficace contre les balles que contre les crocs d'un vampire.

Deux coups de feu retentirent, suivis d'un cri de douleur. Au même moment, la musique se mit à jaillir de l'appareil, puissante et mélodique. L'ouverture d'un opéra, peut-être. Idéale pour couvrir le bruit d'un meurtre.

Au prix d'un grand effort, elle leva enfin la tête.

Elle était certaine que Marsala avait visé le crâne, pour infliger la blessure la plus grave possible. Elle pensait retrouver Ethan agonisant ou déjà mort, aussi fut-elle surprise de voir les deux trous rouges en haut de sa cuisse gauche – *deux nuits auparavant*, pensa-t-elle, *Sidowski avait tiré sur la droite.* Comme il tentait de se relever, le professeur s'approcha et logea une autre balle dans le genou droit.

Kerry se couvrit la bouche pour étouffer un cri.

Ethan se replia sur lui-même, sans un gémissement, exposant parfaitement sa tête pour le coup de grâce.

Apparemment, ce n'était pas dans les intentions du chasseur de vampire. Il fit signe à Kerry de s'approcher. Elle dut contourner le blessé, qui ne fit aucun mouvement dans sa direction.

« Les vampires ne sentent que les températures extrêmes », lui avait-il confié. Peut-être en était-il de même avec la douleur. L'impact de balle sur son ménisque ne lui avait arraché aucune plainte.

« Je suis désolée, répéta-t-elle.

— Ouvrez les rideaux », lui ordonna Marsala.

Sur le sol, le vampire les regardait tous deux, sans un mot.

« Suis-je obligé de tout demander deux fois ? » s'exclama le professeur.

Elle s'agenouilla sur le canapé pour tirer le cordon de la fenêtre panoramique.

« N'oubliez pas les autres fenêtres, surtout celle de la cuisine. C'est la plus importante, elle est exposée à l'est. »

Le professeur jeta un coup d'œil à sa montre, puis au magnétophone.

« Voyons un peu... Bien avant que Mme Butterfly, l'héroïne de cet opéra, ne s'aperçoive qu'elle a été trahie, le soleil se lèvera par-dessus les arbres et inondera toute cette partie de la maison de sa lumière purificatrice. Depuis combien de temps n'as-tu pas contemplé l'astre du jour, vampire ? »

Ethan affronta le regard de son bourreau sans même daigner répondre.

Kerry passa de nouveau devant lui pour aller découvrir la vitre d'une porte-fenêtre donnant sur la cuisine. De tout son cœur, elle souhaitait que Marsala cessât de narguer et de tourmenter ainsi Ethan. Lorsque ce dernier avait failli tuer Kerry, à deux reprises, il avait promis de faire vite la première fois, et l'avait embrassée la seconde. Des deux, c'était lui qui s'était montré le plus humain.

Au moment où les voix des chanteurs se mêlaient à la musique, Kerry explosa :

« Professeur Marsala, pourquoi ne pas en finir maintenant ? À quoi bon le faire souffrir ?

— Parce que je veux les noms de ses semblables. »

Ethan devait s'en douter, car il ne cilla pas.

« J'étais trop pressé de voir la femelle mourir, et je ne l'ai pas fait parler…

— Regina, la corrigea Kerry, écœurée par sa morgue. Elle s'appelait Regina. Professeur, il y a des limites ; je comprends que vous tuiez pour vous protéger, mais vous n'avez pas le droit de le torturer ainsi...

— J'étais trop pressé, reprit le chasseur de vampire en s'adressant cette fois à Ethan. Je n'aurais jamais dû lui remplir la bouche d'ail pour l'empêcher de parler. Toi, en revanche, tu seras plus bavard. Si tu te montres suffisamment loquace, et crédible, peut-être t'accorderai-je la mort rapide qu'elle m'a supplié de lui infliger... »

Il jeta un coup d'œil à sa montre.

« Il ne te reste pas beaucoup de temps pour te décider, fit-il d'une voix satisfaite. Mais je pense que ton instinct t'a déjà averti. Peut-être n'aurais-je pas dû poser un crucifix sur la femelle ; elle se serait davantage débattue. »

Le visage d'Ethan, figé par la haine, fut traversé par un spasme de mépris.

Marsala sourit avec suffisance, puis traversa la pièce en direction de sa boîte à outils, faisant un grand détour pour éviter sa victime. Il enclencha le cran de sécurité, puis glissa le pistolet dans sa ceinture.

« Voyons un peu... Si tu es coopératif, que vais-je utiliser pour te tuer ? Il faut nous décider vite, le temps presse. Il va falloir entrer dans le vif du sujet, ajouta-t-il en caressant la pointe de son épieu, pour montrer que le jeu de mots était intentionnel. En plus, tu risques de ne plus t'exprimer de façon très cohérente tout à l'heure, quand tu vas cracher ton sang. Alors, fais ton choix, qu'est-ce que tu préfères ? Ce pieu ? Celui-là ? Ou la hache ? À moins que... »

D'un air triomphant, il brandit le crucifix dans la direction d'Ethan.

Au lieu de se recroqueviller comme un mort vivant de film d'épouvante, celui-ci éclata d'un rire tonitruant. Apparemment contrarié, le chasseur de vampire retourna sa rage contre Kerry.

« Et cette jeune fille, quel sera son sort ? fit-il en la fixant de ses yeux fous.

— Je regrette vraiment de vous avoir aidé », déclara-t-elle.

Ce n'était pas la chose la plus intelligente à dire à ce moment, mais elle ne put s'en empêcher. Cela n'avait dans le fond aucune importance : Marsala ne l'écoutait plus.

« Comment vais-je vous éliminer ? J'aimerais pouvoir inverser le processus...

— Je ne l'ai pas mordue », dit Ethan.

C'était la première fois qu'il ouvrait la bouche depuis le début.

Comme s'il n'avait rien entendu, Marsala leva les mains au ciel, dans un geste fataliste.

« Hélas, hélas ! À quelle personne fiable pourrais-je m'adresser ?

— Je ne l'ai pas mordue, répéta Ethan, en détachant chaque syllabe. On ne peut pas être à moitié vampire. Il n'y a pas de période de transition...

— Apparemment vous ne craignez pas la lumière du soleil, monologuait le chasseur en se tournant vers Kerry. Je vous promets une mort rapide, dans la mesure où vous n'êtes pas entièrement responsable.

— C'est un être humain ! hurla cette fois Ethan.

— Vous vous êtes laissé séduire par le mal, comme Joe. Mais la différence c'est que lui n'a pas bénéficié d'une mort facile. »

Ce disant, il ramassa le maillet et l'un des pieux.

Kerry, affolée, le dos plaqué contre le mur du couloir, courut vers la chambre.

Au moment où Marsala se précipitait vers elle, Ethan tenta de se relever. Le professeur pivota, lâcha le marteau et mit la main à sa ceinture.

« Non ! » hurla la jeune fille au moment où une quatrième balle atteignait de nouveau Ethan à la jambe.

Elle courut vers Marsala, sans autre but que l'empêcher de tirer encore.

Il lui fit face, le pieu dans une main et le pistolet dans l'autre. Folle de colère, elle le poussa de toutes ses forces.

Elle entendit un autre coup de feu, et crut qu'elle était touchée – comment aurait-il pu la manquer à bout portant ? – mais ne sentit aucune douleur.

Il bascula en arrière en faisant des moulinets avec ses bras, et plusieurs pensées se bousculèrent dans la tête de la jeune fille. Elle s'aperçut tout d'abord qu'il l'avait manquée, ensuite, elle vit qu'il venait de buter, en reculant, sur la caisse à outils posée en haut de l'escalier.

Puis elle cessa de penser à quoi que ce soit lorsqu'il tomba dans l'escalier, sa tête heurtant bruyamment les marches avant de percuter, avec un craquement sinistre, le parquet de l'entrée.

Inutile de lui prendre le pouls pour savoir qu'il était mort.

C'est ma faute, pensa-t-elle.

Elle n'avait pas voulu lui faire de mal : elle ignorait, au moment où elle l'avait repoussé, que le palier était aussi proche.

Elle regrettait son geste bien sûr, mais ne pouvait pleurer sa mort.

Je suis vivante, songea-t-elle, *c'est un miracle*.

Soudain, avec un petit cri, elle se précipita vers la cuisine et tira les rideaux de la fenêtre qui donnait à l'est. Dans le salon, Ethan l'appelait.

Le ciel virait au rose. Ce n'était plus qu'une question de secondes. Comme elle passait devant le vampire pour tirer les rideaux du salon, il l'attrapa par la jambe et la fit tomber.

« Qu'est-ce que tu fabriques ? s'écria-t-elle.

— Les voilages ne sont pas assez épais, expliqua-t-il.

— Laisse-moi les tirer quand même... »

Elle essaya de dégager sa jambe pour tirer sur le cordon, puis s'aperçut qu'il avait raison. Les rideaux étaient en dentelle, et ne faisaient qu'adoucir la lumière du jour. Elle remarqua les marques plus pâles sur le tapis et les meubles exposés.

« Prends le pistolet », dit Ethan.

Elle s'apprêta à demander pourquoi, puis comprit.

« Je ne peux pas, murmura-t-elle.

— Kerry, je t'en prie ! dit-il d'une voix rauque. J'ai déjà été exposé au soleil une fois dans ma vie, juste une seconde avant de pouvoir fermer la fenêtre. »

Il lui jeta un regard suppliant.

« Je t'en prie. Une balle dans la tête sera moins douloureux et plus rapide. »

Elle trouva l'arme au milieu des marches qu'avait dévalées Marsala. Lorsqu'elle la ramassa, elle lui parut encore plus froide et plus lourde qu'à la cafétéria.

« Kerry, je t'en supplie, dépêche-toi ! »

Elle remonta l'escalier et, tomba à genoux devant lui, ses jambes ayant cessé de la porter. Elle tremblait si fort qu'elle dut saisir l'arme à deux mains. Même ainsi, elle était certaine qu'elle allait le rater, ou bien le blesser davantage et faire empirer sa douleur.

« Ça va bien se passer », l'assura-t-il en fermant les yeux, se préparant au choc.

Comme elle hésitait encore, il soupira.

« Kerry ! hurla-t-il soudain, implorant sa pitié.

Puis, brusquement, un rayon de soleil le toucha, et il poussa un cri de douleur.

Elle jeta le pistolet dans la cuisine et, avant même que l'arme ait fini de tournoyer sur le carrelage, elle s'était relevée.

Ethan, affalé sur le sol, les bras tendus devant lui pour protéger son visage de la lumière, était l'image même de la souffrance.

Agrippant ses poignets, elle le traîna sur la moquette. Elle savait qu'elle n'était pas assez forte, qu'elle n'arriverait qu'à retarder le moment de sa mort… Mais elle parvint jusqu'à la chambre à coucher, puis, doutant de l'opacité des rideaux, entra dans un placard d'environ un mètre cinquante sur un mètre, dont elle claqua vite les portes.

La pièce était délicieusement sombre.

Elle tira un petit cordon, qu'elle avait aperçu avant d'entrer, et une lumière artificielle s'alluma.

Ethan était prostré, le souffle rauque et irrégulier.

Elle arracha une chemise d'un cintre et commença à lui bander la jambe.

« Ce n'est pas la peine », murmura-t-il.

Elle vit en effet qu'il avait cessé de saigner.

Elle s'appuya prudemment contre le mur, craignant un faux mouvement qui aurait ouvert les portes au soleil assassin.

« Appuie-toi contre moi », lui proposa-t-elle.

Il leva vers elle des yeux bleus pleins de douleur et peut-être de méfiance, mais se laissa aller contre elle. Il n'avait pas le choix.

Elle sentit les battements de son cœur, d'ordinaire si lent, à qui la peur et la fatigue avaient donné un tempo humain.

« N'aie pas peur, lui dit-elle, je veille sur ton sommeil. »

Il n'avait aucune raison de lui faire confiance, mais il ferma les yeux…

… avala une goulée d'air…

… qu'il n'expira pas.

16

ADIEU, MICHEL

Au bout d'un moment, la musique dans le salon s'arrêta, remplacée par les bruits plus lointains de la circulation. Que se passerait-il si la police revenait pour interroger de nouveau Marsala ? Ou bien si un voisin faisait irruption, furieux de ce vacarme à cette heure si matinale ?

En tout cas, elle était bien décidée à protéger Ethan, quitte à lutter de toutes ses forces pour les empêcher d'ouvrir la porte du placard.

Comme son bras commençait à s'engourdir, elle changea délicatement de position, même s'il était peu probable qu'elle parvînt à le réveiller.

Au bout de quelques heures, elle prit

conscience qu'elle n'avait pas mangé depuis longtemps, et s'aperçut du même coup que lorsqu'il émergerait de sa torpeur, sa faim à lui serait encore plus grande que la sienne... La seule chose sensée était de donner un coup de pied dans cette porte et de partir.

S'il tue quelqu'un après cela, ce sera ma faute.

C'est vrai. Mais je ne peux pas.

Elle finit par s'endormir, et rêva de nouveau de vampires.

Le cauchemar suivait la même trame que le précédent, mais cette fois c'était Kerry qui gisait sur le côté de la route, et quand elle leva les yeux en entendant un bruit de pas, elle vit la silhouette d'Ethan dressée au-dessus d'elle.

Elle savait qu'il allait la mordre pour la transformer en vampire, et ne ressentait pourtant aucune crainte. Même au fond de son rêve, elle se rappela son opération des amygdales, lorsque le médecin lui avait annoncé qu'on allait l'endormir.

Je me demande comment ça fait, s'était-elle interrogée en voyant le médecin s'approcher avec le masque pour l'anesthésie. Les mêmes sensations l'habitaient : un mélange de peur, d'impuissance et d'impatience.

Penché vers elle, il murmura : « Je ne te ferai pas de mal », comme le docteur lui avait promis :

« Une petite bouffée de gaz, et l'on s'endort paisiblement. »

À un détail près : devenir un vampire était infiniment plus intéressant.

Dans le songe, ils se trouvaient tous deux au bord d'une route de campagne, en pleine nuit. La lune formait un croissant de conte des mille et une nuits.

Sans surprise, elle s'aperçut qu'elle en distinguait désormais chaque cratère, comme si elle avait deux télescopes à la place des yeux. Le coassement des crapauds dans une mare voisine – inventait-elle ces détails, ou bien avaient-ils existé dans la réalité ? – parvenait à ses oreilles en un vacarme assourdissant ; mieux encore, elle pouvait isoler chaque son, chaque bruit, comme les battements du cœur d'Ethan, si lents et si puissants. Elle aussi désormais pourrait les entendre à travers des vitres closes. Et les odeurs ! Tous les parfums de la forêt – d'humus, de terre humide, les feuilles des différentes essences d'arbre – assaillaient ses narines, amplifiés, en un mélange merveilleux…

Son corps était devenu plus fort aussi, non comme celui d'une gymnaste ou d'une sportive, mais rempli d'une énergie liquide, naturelle, qui ne devait rien aux muscles.

Forte et rapide comme le vent.

Puis ce sentiment grisant d'être transformée

en un être différent et plus puissant qu'un adulte s'estompa bientôt pour faire place à l'inquiétude.

Ce pouvoir, elle ne pouvait le conserver qu'en attaquant les autres pour leur prendre leur sang...

Mais ce n'est pas grave. Ce n'est qu'un rêve.

Sur cette pensée, elle se réveilla.

Ethan n'avait pas bougé d'un pouce. Encore une fois, elle se dit qu'elle n'avait qu'à ouvrir la porte du placard pour que cesse ce cauchemar.

Un coup d'œil à sa montre lui apprit qu'il restait deux heures avant le coucher du soleil. Elle n'osait pas le laisser seul, de peur qu'un rayon ne l'atteigne.

Il y a toujours un choix.

Pour la première fois dans sa vie, elle sut qu'elle devait prendre une décision dont elle seule aurait à répondre, que personne ne lui avait imposée. Ni lui, ni ses parents.

Pour la première fois depuis le départ de sa mère, elle se sentit libre.

À quatre heures quarante-cinq, Ethan poussa un petit grognement et s'éveilla soudain, les yeux hagards, haletant.

« Bienvenue », lui dit Kerry.

Il la considéra avec méfiance, puis plaqua ses cheveux en arrière avec la main.

« Je pensais que tu changerais d'avis, dit-il.

— Je t'avais dit que je veillerais sur ton sommeil. »

Elle n'ajouta pas qu'elle avait songé à s'enfuir mais il le devina sans doute.

Peu à peu, il tenta de se redresser, pour retrouver une attitude plus digne. Mais ses mouvements étaient lents et douloureux, et il ne put retenir une grimace de douleur lorsqu'elle poussa la porte du placard. Son visage, surtout ses pommettes, était rouge, comme s'il avait fait une sieste un peu trop longue au soleil. Par le col entrouvert de sa chemise, elle vit que sa peau était brûlée même sous ses vêtements. Ses bras, couverts de cloques, étaient les plus atteints.

« Tu vas guérir ? »

Tout en évaluant les dégâts avec un air inquiet, il hocha la tête.

« Beaucoup plus lentement que d'une autre blessure. Même un humain guérirait plus vite que moi. Mais je m'en sortirai. »

Il n'arrivait toujours pas à croire qu'il était vivant.

« Merci, lui dit-il.

— Je vais rentrer chez moi. Je t'ai protégé toute la journée, comme promis, mais maintenant mon père va s'inquiéter. »

Il se leva avec quelques secondes de retard sur elle, ralenti par ses blessures. Lorsqu'il lui prit la main en prononçant son nom, elle sentit le contact de sa peau, encore chaude du soleil.

Et cela lui rappela son rêve.

« Pourquoi ne pas m'avoir appris qu'ils étaient en vie ? s'écria-t-elle, tentant de mobiliser sa colère. Tu savais que j'étais morte d'inquiétude !

— Je savais surtout que jamais tu ne m'aiderais si tu apprenais que ta famille était hors de danger. »

Que pouvait-elle répondre ? Il avait raison.

« Tu aurais pu deviner que je serais folle de rage en lisant dans le journal que Marsala ne les avait pas kidnappés, et que tu m'avais caché cette information.

— Alors, c'était donc ça ! Il t'a montré le journal », soupira Ethan.

Il secoua la tête.

« J'ai négligé cette possibilité. Je ne m'étais pas imaginé qu'il pourrait te prouver sa bonne foi. »

Elle rencontra son regard, et tenta d'oublier qu'il était si beau.

Quel sens moral ! Il ne s'en veut pas de m'avoir menti, mais d'avoir été pris sur le fait.

« Et si tu avais été à ma place ? Si je t'avais caché la vérité sur une personne que tu aimes ? Si j'avais su que Regina était saine et sauve, et…

— Tout d'abord, je n'aimais pas Regina, enfin pas comme tu l'imagines.

— Non, vraiment ? l'interrompit-elle. Premièrement, ça n'a pas d'importance, deuxièmement, cesse de me raconter des bobards à chaque phrase ! »

Elle conclut son discours par un coup de poing sur son bras. Il parut surpris, mais ne protesta pas.

« Chaque fois que tu entends le nom de Regina, tu deviens à moitié fou, et tu as le culot de prétendre qu'il n'y avait rien entre vous ? »

Elle lui tourna le dos, et chassa sa main d'un haussement d'épaules.

« Et troisièmement, ça m'est parfaitement égal.

— Kerry, dit-il doucement derrière elle. Nous étions tous deux des vampires, et partagions pour un temps la même ville. Deux compagnons de la nuit, c'est tout. Mais je croyais que c'était moi qui avais mené le chasseur de vampire jusqu'à elle. Je pensais qu'elle était morte par ma faute. »

Jamais auparavant il n'avait manifesté tant de culpabilité. Kerry se retourna, et commit l'erreur de le regarder droit dans les yeux.

Aussitôt, elle l'entoura délicatement de ses bras, prenant garde de ne pas lui faire mal, et pendant un long et doux moment souhaita que cet instant de bonheur dure toujours.

Puis elle s'aperçut à quel point il était dangereux d'envisager l'éternité.

« Ethan, lui demanda-t-elle, est-ce que les vampires peuvent influencer les rêves des autres ? »

Elle pensait aux talents d'hypnotiseur dont il avait fait preuve la veille, à Rochester.

« Non », répondit-il.

Il avait menti si souvent qu'elle n'avait aucune raison de le croire à ce moment, même si elle souhaitait de tout son cœur que ce fût la vérité. Mais elle avait bel et bien perçu de l'étonnement dans sa voix.

Elle sentait les battements de son cœur de vampire, puissants et incroyablement lents, qui contrastaient tant avec le rythme effréné du sien.

Il va me mordre. Je vais juste voir comment ça fait, après je lui demanderai d'arrêter.

Mais elle savait que, déjà, elle était allée trop loin, qu'il allait être très difficile de lui dire…

« Ethan… »

Tandis qu'il restait penché sur son cou, elle continua :

« Je ne veux pas devenir un vampire. »

Il leva la tête brusquement, ses yeux bleus impénétrables scrutant son visage.

Peut-être l'idée ne lui avait-elle pas traversé l'esprit, pensa-t-elle, *peut-être veut-il se débarrasser du dernier témoin de la façon la plus douce possible.*

« Au cas où tu en avais l'intention », ajouta-t-elle piteusement.

Avec une surprise non feinte, il dit :

« Dans ce cas, pourquoi m'as-tu aidé ?

— Parce que… »

Elle détourna la tête, afin qu'il ne voie pas que ses yeux étaient baignés de larmes.

« Parce que, aussi idiot que cela puisse paraître, je suis tombée amoureuse de toi. »

Il poussa un petit soupir attristé et résigné, comme s'il s'était attendu à cela depuis le début, puis ébouriffa les cheveux de Kerry d'un geste affectueux. Mais au fond de ses yeux (l'avait-elle imaginé ou non ?) elle vit passer, fugitive, une lueur de douleur réelle. Pour la première fois, elle put rassembler assez de courage pour lui poser la question qui lui brûlait les lèvres depuis leur première rencontre :

« Et toi ? Qu'est-ce que tu ressens pour moi ? »

La petite étoile mélancolique qui brillait au fond des yeux d'Ethan sembla grossir un instant, éclater à la surface de sa pupille en un éclair de souffrance. Puis tout sentiment disparut de son regard. Seules deux gouttelettes, presque imperceptibles, brillantes comme deux diamants au coin de ses paupières (peut-être les premières larmes que le vampire versait pour un humain depuis des siècles), lui confirmèrent qu'elle n'avait pas rêvé.

La réponse lui suffisait, mais sa décision était prise. Elle pensa à son petit frère Ian, à son père, à la sensation délicieuse du soleil sur sa peau pour se donner le courage de renoncer à cet amour.

« Si tu ne comptes pas me tuer, dit-elle enfin, je dois savoir quoi raconter à la police. Que s'est-il passé ?

— Ton père n'est pas venu te prendre en voiture vendredi soir, énonça-t-il posément, comme s'il était rompu à ce genre d'exercice, et tu as accepté qu'Ethan Bryne, un client du magasin avec qui tu avais bavardé, te raccompagne chez toi.

— Est-ce qu'il me plaisait ?

— Pas tant que ça, dit-il en souriant, mais tu avais besoin d'un chauffeur.

— Cette histoire est vraiment nulle. Au fait, comment m'as-tu rencontrée au supermarché ? Était-ce vraiment un hasard ? »

Il baissa les yeux, visiblement gêné.

« Pas exactement. Je savais que Marsala rôdait dans les environs et je voulais… »

« … *Et tu voulais me protéger.* »

D'un signe de tête, elle lui fit signe de continuer.

« La suite de mon histoire est encore pire. Quand vous êtes descendus de la voiture, vous avez été pris à partie par un inconnu, un certain Gilbert Marsala. Sous la menace de son pistolet, il a obligé Ethan à vous conduire chez lui. Le professeur t'a enfermée dans le sauna, à la cave, en bloquant la porte avec un objet lourd. Malgré tes appels à l'aide, personne ne t'a entendue. Au bout d'un très long moment, Marsala est venu te chercher. Tu lui as demandé ce qui était arrivé au jeune homme, mais il ne cessait de divaguer sur Satan et les vampires.

— Il était pour ou contre ?

— Pour Satan, mais contre les vampires. »

Ethan se pencha vers la moquette, et effleura du doigt une partie calcinée à l'endroit où son sang avait coulé.

Elle s'accroupit en face de lui.

« Je vais verser de l'essence à briquet là-dessus, et le brûler davantage. Tu peux ajouter que Marsala délirait sur le feu purificateur, et voulait brûler le sang des vampires, y compris le tien. C'est à ce moment que tu l'as poussé du haut des marches. Tu pensais qu'il était blessé, mais pas mort, et que si tu descendais l'escalier il t'attraperait la jambe. Tu as couru jusqu'au bureau et tu as poussé la chaise sous le loquet, certaine qu'il chercherait à enfoncer la porte d'un moment à l'autre. Au bout de quelques heures d'attente, tu t'es endormie. À ton réveil, n'y tenant plus, tu as retiré la chaise et tu l'as vu allongé en bas des marches, dans la même position. Tu as alors compris qu'il était mort depuis le début. À cause de toutes ces épreuves, tu es rentrée directement chez toi, sans appeler la police d'ici. Cela me laissera le temps… d'arranger les choses.

— Et Ethan Bryne, qu'est-il devenu ?

— Disparu sans laisser d'adresse.

— Tu vas vraiment me laisser partir ?

— Comment peux-tu me poser une question pareille ? » demanda-t-il, sincèrement choqué.

Mais la réponse restait ambiguë.

Elle se dirigea vers la porte sans qu'il cherche à l'arrêter.

« Tu es sûre que tu ne vas pas changer d'avis ? » insista-t-il.

Elle le regarda une dernière fois. À l'idée de ne plus jamais le revoir, elle hésita.

Puis secoua la tête.

« Adieu, Kerry. La prochaine fois, fais attention à qui tu sauves la vie.

— Adieu, Ethan.

— Michel », la corrigea-t-il.

À cause de la façon parfaite dont il prononça le prénom français, elle sut qu'il s'appelait vraiment ainsi.

« Adieu, Michel. »

Puis, sans se retourner, elle descendit l'escalier, contourna le corps du chasseur de vampire, sortit et prit la direction de sa maison.

TABLE

Vertige cauchemar

Méfiez-vous de la Reine des fourmis
N. Fisk

Un jour, on offre à Vinny et à son frère Tobby un étrange cadeau : une colonie de fourmis... Ils sont très vite fascinés par la vie des insectes, d'autant qu'ils découvrent que, grâce à eux, ils sont dotés de redoutables pouvoirs médiumniques...

Ne vous disputez jamais avec un spectre
Gudule

Et si un jour, subitement, votre petite sœur se transforme en créature de cauchemar ? Et si, comble d'horreur, vous êtes le seul au courant de sa métamorphose, et que tout le monde vous croit fou... ? Cyril échappera-t-il à l'esprit vengeur qui a pris possession de sa petite sœur Violette ?

La forêt des hurlements
Gudule

Par hasard, Sylvain et Olivier entrent dans un monde parallèle qui leur semble idéal : les habitants – les grands et les petits – vivent en harmonie malgré leurs différences... Pourtant, ce pays de rêve cache un vrai cauchemar...

L'œil sur la rivière
A. Pargam

Depuis que Léa a exploré la Maison Bleue près de la rivière avec son amie Anouk, elle n'est plus la même. Le Monstre de la Rivière aurait-il de nouveau frappé ?

La maison aux six cercueils
J. Peel

Cache-cache... Jamais les filles et les garçons de l'équipe de natation n'auraient imaginé y jouer encore à leur âge ! Car, bloqués par un orage terrible dans un vieux manoir isolé, ils n'ont rien trouvé de mieux pour se changer les idées... Mais le jeu tourne mal : deux d'entre eux disparaissent, les phénomènes terrifiants se multiplient...

La malédiction du pendu
J. Peel

« Le jeu du pendu... voilà un passe-temps amusant », pensent les trois amies. Mais dans la maison isolée, au cœur de la nuit, le jeu devient nettement moins drôle quand un mystérieux partenaire entre dans la danse...

L'enfant des ténèbres
J. Peel

Jouer au chat et à la souris... Quoi de plus excitant quand il s'agit d'explorer par la même occasion un jardin abandonné... C'est ce que pensent Danny et ses cousins. Mais ils ignorent que Zack, un garçon-fantôme, veut se mêler à leurs jeux...

Tout savoir sur les vampires, les monstres, etc.
P. van Loon

Les vampires raffolent du sang, tout le monde est au courant. Mais savais-tu que Dracula a vraiment existé ou que le goût du sel réveille les morts vivants ? Vampires, zombies, sorcières, fantômes, monstres en tout genre, ce guide t'en fera un portrait détaillé !

Ne mordez jamais vos voisins !
P. van Loon

Knieper décide d'éliminer ses nouveaux voisins, les Rip. Mais toutes ses tentatives échouent tandis qu'il plonge dans l'univers déroutant de cette famille de monstres : une mère « mort vivant », un fils loup-garou, un autre fils vampire, une jeune sœur fantôme, un oncle squelette et une grand-mère momie !

Histoires macabres
P. van Loon et la Confrérie de l'effroi

Des cadavres à la dérive, des loups-garous, un jumeau jaloux, un alchimiste vendu au diable... Huit histoires pour frissonner !

La nuit du vampire
V. Vande Velde

Défendre un vampire est très risqué ! Kerry l'apprend à ses dépens après avoir aidé Ethan, un jeune vampire, à échapper à ses poursuivants : en représailles, les agresseurs enlèvent son père et son frère...

Vertige policier

Mort sur le Nil
Le meurtre de Roger Ackroyd
Dix petits nègres
Cinq petits cochons
A. Christie
Le Signe des Quatre
S.A. Conan Doyle
Piège sur internet
G. Delteil
Le Faucon Malté
L'ennemi public n° 2
Devine qui vient tuer
Signé Frédéric K. Bower
A. Horowitz
Sitcom en péril
C. Lambert
Arrêt sur image
S. Nicholls
Un rival pour Sherlock Holmes
Chapeau, Agathe !
B. Nicodème
Qui veut tuer l'écrivain ?
M. Saint-Dizier
Tirez pas sur le scarabée !
P. Shipton
Surf en eau trouble
B. Solet
L'ennemi sans visage
L'infaillible Silas Lord
S.A. Steeman

Vertige fantastique

Le fantôme des Cassegrain
M. Grimaud
Les portes du Diable
La nuit du Scorpion
La Citadelle d'argent
Le jour du Dragon
L'île du Crâne
(Prix européen du roman pour enfants de la ville de Poitiers, 1993)
Maudit Graal
Mortel chassé-croisé
A. Horowitz
Fantôme en héritage
A. Jay
Week-end infernal
L. Lefèvre
La montagne de glace
E. Rodda
Le Vent de la Colère
Les sources du Mal
M.-S. Roger
Le rendez-vous du cauchemar
Le tarot du Diable
Valpierre

Vertige science-fiction

Gandahar et l'oiseau-monde
J.-P. Andrevon
Le maître de Juventa
R. Belfiore
La Musicienne de l'Aube
Les lagunes du temps
Cyberpark
Mission en mémoire morte
(Grand Prix de l'imaginaire 1998 pour le Cycle du Multimonde)
C. Grenier
Le bleu des Mondes
J.-P. Hubert
Raz-de-marée sur Aquarius
M. Hughes
La nuit des mutants
C. Lambert
Slum City
(Prix Ozone 1997)
J.-M. Ligny
L'Enfant-Mémoire
D. Martinigol et A. Grousset
Villes au bord du futur
Anthologie
Planète cauchemar
Anthologie

IMPRIMÉ EN FRANCE PAR BRODARD ET TAUPIN
Usine de La Flèche, 72200.
Dépôt légal imprimeur : 6360 S-5 – Éditeur : 5671
20-06-9793-01-9 – ISBN : 2-01-209793-6

Loi n° 49-956 du 16 juillet 1949 sur les publications destinées à la jeunesse.
Dépôt légal : octobre 1997.